U0516769

往来以礼

往来以礼

戴　燕　著

中　华　书　局

图书在版编目(CIP)数据

往来以礼/戴燕著.—北京:中华书局,2013.7
ISBN 978 - 7 - 101 - 09316 - 2

Ⅰ.往… Ⅱ.戴… Ⅲ.①随笔 – 作品集 – 中国 – 当代②书评 – 中国 – 现代 – 选集③游记 – 作品集 – 中国 – 当代 Ⅳ.①I267②G236

中国版本图书馆 CIP 数据核字(2013)第 078572 号

书　　名	往来以礼
著　　者	戴　燕
责任编辑	李世文　王　芳
出版发行	中华书局
	(北京市丰台区太平桥西里 38 号　100073)
	http://www.zhbc.com.cn
	E-mail:zhbc@zhbc.com.cn
印　　刷	北京瑞古冠中印刷厂
版　　次	2013 年 7 月北京第 1 版
	2013 年 7 月北京第 1 次印刷
规　　格	开本/787×1092 毫米　1/32
	印张 8　插页 2　字数 100 千字
印　　数	1 – 6000 册
国际书号	ISBN 978 - 7 - 101 - 09316 - 2
定　　价	28.00 元

目 录

自　序

风把黎明的天空吹得干爽，
吹得风筝一动也不动。
不是不动，是在高高的天上，
不停地飘扬。

是在不停地飘扬，
这一边牵着它细细的线头。
逆风，顺风，
一点一点地保持平衡。

啊，记忆中的湮没的沼泽，

消失的城市，颓丧的人群，

还有干爽的天空……

风吹着风筝一动不动，

不是不动，是在高高的天上，

听不见它的声响。

　　这是日本作家中村稔的一首诗，名字叫《风筝》，我很喜欢。因为那只看似静止的风筝，不但承载了四面八方吹来的风，负有万钧之力，同时也承载了时光的流逝，经历沧海桑田。奇怪的是，每次读起这首诗的日语原文，不知为什么，在我脑子里常常出现的是另外一个画面，那画面是从谢灵运"潜虬媚幽姿，飞鸿响远音"（《登池上楼》）的诗句里化生出来的。我还不由自主地会联想到《庄子》中"绝云气，负青天"、"抟扶摇羊角而上者九万里"的大鹏。大概是大鹏也好，潜虬、飞鸿也罢，都和中村稔的风筝一样，有一种默然的却是不可移易的超自然力量。

　　这可真是一种无可救药的"分裂"的阅读。日本的风筝，与中国的大鹏、潜虬和飞鸿当然不同，首先风筝只是一个普普通通、日常可见的东西，不曾像大鹏、潜虬、飞鸿它们被渲染夸饰，被赋予了神性。日本文学和中国文学纵有千丝万缕的联系，可是它们之间的差异也相当明显。说起来，自从大学毕业论文选定了与日本有一点关系的题目，我的读书与写作，大概就再也没有离开过中国和日本。中国和日本，就仿佛两个并置的坐标，相互对照、相互牵连，有时候浑然一体、难分彼此，更多的时候，中国是我观察日本的起点，而日本是我反思中国的契机。

　　收在这个集子里的，就是我在这些年陆陆续续写下的有关中国和日本的随笔及评论。由于大多是为报刊所写，长长短短，几乎都是为了配合当初版面的要求。至于内容，拉拉杂杂，则要比篇幅更加散漫、参差，虽然万变不离其宗，说来说去，围绕的还都是书。这里面，大部分文字与日本的中国学有关，但偶尔也涉及别国的汉学。还有一部分谈论的中国的书，有关乎文学史的，也有零星的学术断想。唯一与书无关的似乎只有《枇杷树》，这原是给一些朋友的信，在这里第一次正式发表。

　　还是在学生时代，读到过中野重治的一篇很短的散文《菊花》，散文的全部，是一个爱花的大叔田所冬吉的独白。

据大叔说，他曾有过泛爱一切花儿、尤爱"那开在原野、路边上的花儿"的少年时代，长大后有了自己"亲手培育秧苗、眼看它开出花儿来"的想法，却由于"第一没有买这些秧苗的钱，第二便是买了秧苗，也没有栽种的土地，第三即使有了土地，又没有浇水和搞遮阳设备的时间"，始终未能实现，结果"只要是能在繁忙的工作中抽空去夜店的花房看看花儿，或在路边上看着道旁的花朵，就很感欣慰了"，及至后来进监狱，守着母亲送来的菊花，看它们仅靠一点点的水和阳光，就芳香浓郁，花瓣如象牙般美丽，才恍然明白："无论到了怎样的环境，就在那里依靠自己的全部力量生存下去，这就是花儿的心灵，是花儿的生命。"虽然在人生的不同阶段，按照大叔的说法，他对花儿的感情及认知并不相同，可是有一点让人惊讶的地方，就是在谈到各种各样的花儿以及自己油然而生的感想时，他丝毫没有流露出一丁点儿厚此薄彼的态度。这种随遇而安、坦白淡定的心理，与王国维在《人间词话》里所讲"古今之成大事业、大学问者"必须经过的"三种之境界"，也就是从"昨夜西风凋碧树。独上高楼，望尽天涯路"的第一境，到"衣带渐宽终不悔，为伊消得人憔悴"的第二境，再到

"众里寻他千百度,蓦然回首,那人却在灯火阑珊处"的第三境,在如此的层层递进、步步提升中表现出来的紧张心情,是有多么的不同。田所冬吉大叔,他莫不是怀有一颗视众生平等、万物齐一的慈悲心?

以上《菊花》的引文,出自我年轻时发表的译文,稚嫩的文字,现在回头去看,恐怕完全负担不起中野重治的成熟、深重的灵魂。不过文学有文学的好处,它有着极为纤细、柔软的敏感的神经,原本就可以做到"不着一字,尽得风流",因此对我而言,与其说是在做翻译,不如说是借由中野重治的笔,轻轻地触碰到"日本的心"。

就像那些花儿一样,我相信书也有自己的心灵,有自己的生命。这样说来,读书就是读心,为书而写就是作生命的交换。不管书写用的哪一种文字,不管作者生活在哪一个国家、哪一个时代,心其实很容易沟通弥合,而生命也都有同样宝贵的价值。

是以为序。

2012 年 11 月 30 日于光华楼

附：中村稔《凧》

夜明けの空は風がふいて乾いていた
風がふきつけて凧がうごかなかった
うごかないのではなかった　空の高みに
たえず舞い颺ろうとしているのだった

じじつたえず舞い颺っているのだった
ほそい紐で地上に繋がれていたから
風をこらえながら風にのって
こまかに平均をたもっているのだった

ああ記憶のそこに沈みゆく沼地があり
滅び去った都市があり　人人がうちひしがれていて
そして　その上の空は乾いていた……

風がふきつけて凧がうごかなかった
うごかないのではなかった　空の高みに
鳴っている唸りは聞きとりにくかったが

京都寻书记

看过近代前辈往日本访书的故事，也看过他们访回的珍贵书籍，记得住的是泡在艰苦和辛酸里的一丝欣慰，却怎么也想不出踱进书铺的杨守敬、董康们穿的是袍褂还是洋装，是拖了一根长长的惹人眼的发辫，还是剪了"革命党"的短头？我试着揣摩他们在国破家亡之际，欲从邻国找回旧日光荣梦想，借一脉文化重振山河的心境，却好像很难体会到那种"礼失求诸野"的心情。因此所谓寻书，对我来说，就根本谈不上什么兴亡继绝的意义，充其量不过是观个东洋景罢了。

一

在日本逛书店可和在中国不同，日本的书极贵，不大可能由着性子去买，我去书店往往是为了一饱眼福。出版物种类太多，绝大部分进不了大学的专业图书馆，一些流行通俗读物，也不在收藏之列，逛书店可以弥补在图书馆看书的这份不足。

书店是开架的，只要架上没贴"请不要久留"的纸条，就可以呆一会儿，抽出想看的书，静静地翻看。书和杂志分开，书的摆法同国内一样，以学科分类，进门便找得到想去的地方。稍大的书店有近期出版和畅销读物的专柜，还有一些特别的角落，集中摆着名作家的新旧作品。我最初见到获诺贝尔文学奖的大江健三郎的几乎全部著作，就是在京都四条的淳古堂书店，书排在一楼专放比较受一般文化人欢迎的书的书架上，旁边插着印有作者姓名的醒目字牌。当时看不到有人来买这些书，因为他的小说并不容易读。后来他获奖的消息使新闻界大为兴奋，电视记者追着行人采访，被问到的人几乎都答，不好意思，没看过他的著作，也证明了大江的作品本不在雅俗共赏之列。据说文学界是准备了他得奖的，但拿不准哪一年，被认为有希望得奖的另一位作家安部公房，却已成了古人。是不是因为这个缘故，尽管买者星稀，书店还是把他的书仍然归于

京都的樱花季

京都大学时钟台

流行或待流行一类。看了 NHK 赶做的讲述其父子故事的片子，下决心破例买一本小说即他的《个人的体验》时，不过两三天工夫，各个书店为他设置的角落就已经豁然腾空了。趁着京都大学生协新书店开业，我一早急忙赶去，抢到手的只是较早出版的《性的人间》一册文库本而已。

淳古堂是京都最大的书店，书的种类多，新书进得也快，在京都繁华的四条街上，人进人出，摩肩擦踵，去过两次以后就发觉这里只适合走马观花，瞧个热闹，却不大可以站定了慢慢细看。从四条到三条这一带黄金地段的不少书店都是这样，买书方便，看书却不方便，如果想细看的话，不如去那些离市中心稍远的地方，找一间门面稍小的书店钻进去，那里边顾客不多，不会有人不停地在身边挤来挤去，也不用担心呆久了妨碍别的读者。

这样的书店不算少，京都北边高野川附近，离我住处不远的地方就有一家，叫丸山书店。丸山书店开在一片新式住宅区中间的商业街上，卖些谈不上学术和专门的普通书籍，从近期的新闻、电视、漫画、求职杂志到旅游手册地图、主妇持家必读，从流行诗集小说到佛道气功相术，从中小学教材到儿童不宜看的相集，种类相当齐全。这一家书店大概比较适合一般读者的口味，满足他们的实际需要，所以我从来没看它冷清过。闲来蹙进书店，有点像逛北京的书摊，东摸摸，西翻翻，便能对世态人心有一点感受。我最喜欢丸山书店的地方，还在于它二十四小时营业，就像那些方便顾客从不关门的日夜商店，灯火长明。有一天晚上书正念到兴头上，遇到两个难解的词，手里的辞书不够用，于是想到去丸山书店看看，在那里查完辞典又翻书，看钟时已经凌晨两点。

有了这回经验，我往丸山书店去得更勤，即便不看书，也要看看书架上添了新书没有，渐渐地也能发现什么样的书销得快，什么样的书不大有人买。后来我还养成了夜晚散步到书店的习惯，看到深夜的书店里多是背着大书包骑车路过的男生，轻轻走进来轻轻翻一会儿漫画或者体育杂志然后离开。我从这家书店明白了许多事情，但独有一样却始终迷一样搞不懂，就是足球啦篮球啦一类的体育杂志为什么全归男人看？书架上立着"给女性"、"给男性"的小纸牌，正如楚河汉界把女性读者和男性读者面对面截然分在两边，我虽然好奇，也壮不起胆子越过界线去探探面向男性的杂志究竟隐藏了什么秘密，只好老老实实看那些专门编给妇女少女的、涂满幸运与不幸爱情婚姻故事的漫画以及印着五颜六色和食样式的杂志。

1994年恰逢京都建都第一千二百年，书店里有关京都以往现今的漂亮书籍眼看着日益增多。元旦那天，照例人们要往神社去，大街小巷的商店全休息了，唯独丸山书店店门大敞，里边比平常还多了些聚精会神看漫画的小孩儿。我翻开满是京都四季景物的图册，浏览过枫叶遍地的永观堂、樱花夹岸的鸭川、秋夜静默的岚山和先斗町盛妆的艺妓，读完了新年的第一本书。

丸山书店只是一个街区的普通书店，提它的名字，除了附近居民似乎没几个人知道，像这样的书店，在京都不知有多少。跟京都大学一街之隔有家两层楼的小书店，看上去并不起眼，却有特别好的人缘。到京都不久的一个礼拜天，木津祐子女士带我去看能的演出，就约在那家书店门口见面。我到得稍早，想刚好可以先逛书店，结果在观剧之前先看了一本关于能的书，是增田正造编的半图半文的《能的造型》，心里边渐渐涨满美妙的期盼。木津女士告诉我，京大的人都爱在这里约会见面，免得等不到人的人心焦。以后又有几次与人约在这家书店，觉得比站在商店门厅、坐在咖啡店里等人都要舒服。

京都的书店极多，如果连百货商店卖书的柜台也算上的话，差不多走个三步五步就见得到。二三十米大小一间房屋，靠墙围一转书架，中间再立一排或是两排，空地狭窄得走过人背后务必要道"对不起"，这样推开门便一览无余的小书店，算得京都最寻常的街景。不知道它们是不是都做过人们的约会地点，不过当我逛多了书店，也发现肯定有一些书店不便滞留太久，倒不是因为怕它里面的通俗小说加儿童漫画不耐看，搞不好加上色情的"污染"眼目，而是因为在小店老板视线的一直"关照"下，很难有勇气连着把几本书的前言后记都看完，然后一毛不拔，从容离去。也许应了"做贼心虚"的话，反正遇上这类小书店，我从不泡蘑菇，看一眼就走。

说起来，逛书店的方法也好比读书，用得着精读和泛读两种，有的书店可以一趟趟去，观察它一天天进书的变化，有的书店则只可以拿它来作其他书店的参照，证明它和别家共有大宗相同的书。如今的书籍比不了模特身上的时装尊贵，需要批量生产以飨大众，书店于是变不出更多花样，出这个门进那个门，冲着你的全是大同小异的书脊，不同的只有收银台后面老板的那张脸，可是那张脸也多半无声无息，在寂静中传播更加寂静的空气。

记得从前有日本人逛北京的琉璃厂，逛完以后感慨万千，他以为这里离前门的八大胡同不远，过足了书瘾再去享倚红偎翠的艳福，怕就是文人一生的梦魂所系了。八大胡同已成旧迹空留香艳传闻早不消说，所谓逛琉璃厂，今人也恐怕再难体验到那份书香间漫步神游的悠闲惬意。相比之下，在京都逛书店倒真当得那个"逛"字写出的心情，有点像女人逛商店，不必怀了非买不可的决心，也不必躲懒错过冷清的店门，这样走不过半条街，就能够对时尚心中有数，同时暗中衡量一下自己的品味，即便两手空空而返也觉得不虚此行。

我在京都的时候，最爱做的事便是沿街逛一家家书店，而许多意外的收获，也就在这串街走店的功课中一点点积攒起来了。

二

如果说从京都大学的图书馆看得见京大校风的话，逛书店则帮我嗅出整座城市的味道。可是，只去卖新书的地方还不够，新书把每个城市的面目弄成了一个模样，倘要寻出真正属于京都的趣味，恐怕非逛旧书店不可。

京都的旧书店也很多，逛不胜逛，我曾经拿到过一张它们的分布地图，最终也没能按图索骥全部走完。旧书店一般都缺少堂皇的门面，门前一堆面目不甚整齐的书，上竖"古本一百元一册"的招牌，往往就是它的标志。走过这廉价的书摊，由不得人心不动，俯身去看可有合意的，看中看不中之后又都不自觉地要往门里边钻。

所谓旧书店，卖的也并不是什么年代久远的珍稀版本，同现在开在各地的中国书店一样，多的是早几年几十年顶多上百年前的印刷品，当然它们在研究者收藏家眼中也自有价值。然而，我逛旧书店的时候却总丢不掉实用俗气的念头，就是看看会不会拣着"便宜"。最便宜的东西毫无疑问是小说诗歌，尤其未入名流不见经传之作，看到这些时限一过便落得降价处理无人要的书，就会明白文学等同于消费品的道理，而一部文学史实在只算得上"点将录"。大概印刷过多的缘故，有些图册也便宜，在我去学校的路上，曾经有一家书店将一套1970年代印制的、兼有东西古典名作的美术史图册堆在门前地上放了很久，图画照片都清晰，又有很好的函套，标价才三百块钱一册。我本来极想挑有关日本的几册买下来，但考虑到运输的费用必将这书的价钱又涨回去，就犹豫起来。

出于专业习惯，泡旧书店，我比较有兴趣看那里的研究中国学的著作。在京都的时候，正好赶上一本号称以其家族中的三代女性为线索，写出了中国女人命运的纪实体小说出版，据说发行量惊人。我猜想这肯定是历来研究中国学的学者遭遇不上的好运气，从书店年复一年不变的摆设上，就能想象到研究者们穷毕生精力写出的书，不知最后等得到几位读者光临。不过让人安慰的是，这些寂寞无闻的学者著作，却比那小说贵得多而且从不"处分"（日语，意即减价）。

自从江户政府迁都东京以后，京都变成故都，京都的人文学风从此不敌东京趋新。不知道是不是这个缘故，我总觉得在这里研究中国学，对传统仿佛比较在意，旧书店里那些被束之高阁的中国学研究经典，因此都有一副皇帝女儿不愁嫁的派头。比如一套1968年出版的《铃木大拙全集》，能用原价买下，曾让我着实得意了几天，可是，到东京的神田神保町走一趟就立刻傻眼，那里的铃木大拙打了对折。还有内藤湖南、津田左右吉这些东洋学大师，都那么随意地插在东一处西一处，完全不像我在京都看见的凛然排作一阵，决不低首廉价出卖自己的样子。我惊讶地问京大的平田昌司先生，是不是京都的老板懂学术，因为他们专给好书加价。而京都人主张买新书旧书都要去东京，是不是也在欺负东京店老板的"不学无术"？一西一东、一前一后两个首都，果然是京都联系着过去的、深受中国文化影响的日本，而东京联系着现代的、西化的日本吗？樱花初开的日子到过东京以后，再逛京都的旧书店，不觉间竟淡泊了"功利"之心，忘记拣便宜的事情，每当看见那使人心痒难耐的好书和它们居高不下的价格，反过来居然得着一份心理补偿，欣欣然以为"学术的尊严"在这里不仅仅是幻觉了。

从京大校门出去，过马路，便看到并排的两家旧书店，每天有学生进进出出，人流不断，我去学校的时候很方便就去了那里。这两家店门外有时候放一些旧的漂亮的贺年卡与画着和服美人的图片，非常好看，可它们卖的书却不甚稀奇，几乎全是看着眼熟的文库本和旧教材，不过这些对专业人士来说谈不上学术的普通书籍，在我这个外行又兼外国人的眼里一样不失魅力。我曾经有幸从中捡到20世纪初久保天随编写的《支那文学史》教材，那时候我正为各种各样的文学史书着迷。

而说到文学史，日本真正是中国的写作老师。据说北京大学的前身京师大学堂早年开中国文学史课，用的课本就是摹仿日本的大学教材编写而成的。当久保天随这本书在异域出版的时候，由中国人自己写的中国文学史却还寥寥无几。这位当年享名甚高的汉学家后来死于台北，他的书已经很久没人去读，也很少听人再提他的名字，我是在跑了差不多半年的旧书店后才偶然遇到这书的，书价竟意想不到的便宜。为此我对那两家书店有了相当的好感，同时更加地羡慕人家的学校旁边有旧书店可去。日本许多大学的周围都有这样的旧书店，像东京早稻田大学边上的一条旧书店街还很有名，它们同散布在校园边上的一间间咖啡屋快餐店一起构成的校区景象，是使我把这异域风景同记忆中北京的母校区别开来的标记之一。

旧书店在京都这个城市里星罗棋布，不像东京大致集中一处，可以一气逛完。要想过一把痛痛快快看旧书的瘾，就要等到书市开张、"古本祭"（日本的传统节日一般叫

"祭"，古本祭直译过来就是旧书节）的时候。在日本，大的百货店一般会有一层"催市场"，专卖廉价物品，东京的旧书市有时就开在那里。但是京都不一样，京都的旧书市到底别具一格，它不在商业区，而是办在寺庙、神社，正和这个城市的风格一样有古雅的情趣。

春天往下鸭神社去，夏天往黑谷神社去，秋天往百万遍的知恩寺去，远远的路上就望得见蔽日浓阴间引路的蓝色旗帜。神社和寺庙远避都市繁华，又有书店难得的敞亮，嗅着空气里飘动的树木的清香和翻开书籍时扑面而来的纸墨粉尘，一摊摊看下去，实在是一份难得的享受。每个季节我都期待着书市，书市一开，立刻赶去，尽兴浏览，尽力搜寻，如果碰巧发现中意的书顺便买下，当然如获至宝，万分开心。

逛书市的好处是比较容易有所发现，我记得自己就从来没有一次白去的。1940年，日本的财团法人国际振兴会组织过一次国际性的日本文化研究的有奖征文活动，当时有七位中国人的论文入选，后来编为《日本文化研究》第一卷出版，记得我在旧书市上看到它时，心中突然涌出异样的感觉。书上照片里的年轻作者们早已不知去向，他们的老式发型老式西装，也像他们过时的议论一样成了不再流行的"古董"，可是与那五十年前的陌生人之间被尘封的隐没不见的联系，却在这一瞬被牵动起来。往事如烟，生活里的故事原来的确比书中事更加费解也更加有趣。"古本祭"为时一周，最后半天必定大拍卖，这是书市惯有的压轴戏，在卖主一声高过一声的吆喝中，书价一跌再跌，买书的人也一拥而上。可是别以为就拣得到便宜。我赶上过一次最后的大处理，先拿五百块钱买个袋子，然后尽管装，装满为止。那一天我兴高采烈足足捡了一包，回家后才知道尽是看完后必丢不值得保存的，一本特意挑选的《格言的花束》，原以为该有日本特色，没想到辑的多为西人言语，和往日看惯的中国人所编无异，叫我联想起"放之四海皆准"这句名言。

京都的神社、寺庙都有很长的历史，看那里古树参天，木质建筑经日晒风吹由白色变为褐色，使人不禁发思古之幽情。"古本祭"办在这里，情调气氛两相适宜。我骑着自行车，穿过京都的一条条小街小巷，忽然觉得不知什么时候起，受这个古都气氛的影响，自己也喜欢上了怀旧，喜欢怀旧时的沧桑、温馨气味。我甚至变得要从旧书旧画，从遥不可及的过去留下的痕迹中——追寻京都的来历，才会觉得今天的这个城市真实可亲。

从前念书，闻西人黑格尔称中国人有摆谈历史的癖好，深以为是，但从未想到这癖好会遗传在自己身上，到这时，我才渐渐看清了自己偏爱向历史刨根问底的不折不扣的中国人的面貌。我敢肯定，是那些旧书使我与京都亲近起来的，而我每一次试图去解开京都的疑问，那答案也一定是在旧书店里找到的。

三

去京都之前，我心中其实早存着一个疑问，就是那里的同行从何处买他们需要的书籍？根据国内得到的经验，研究外国的学者最大的难处莫过于得不到外国书这一点。我想知道京都人怎样解决他们的问题。

京都有两处卖中文书的地方，一个叫朋友书店，一个叫中文书店，都在京都北部的左京区，从京都大学往北白川的人文科学研究所去，或是相反，走20分钟的路，正好经过它们。中文书店临街，位置尚好，朋友书店窝在街后边吉田山坡上，有点儿背，但听说它们的生意都不坏，名

知恩寺的秋之"古本祭"（2010 年，苏枕书摄影）

朋友书店（苏枕书摄影）

声亦佳，正可以用一句老话形容：酒香不怕巷子深。

朋友书店的老板姓土江，开书店几十年了，卖中文书，也卖日文书，多数是与中国学研究有关的，年深日久，在学术圈子里结下了善缘。据我所知，从京都所在地的关西地区往南一直到九州的半个日本岛上，凡是这一行的人，都买过土江家的书。像这样一个上阵全靠父子兵的私家书店，经营到这一步，谈何容易。朋友书店之所以吸引到读者对它忠心耿耿，大约有这样两个原因：

第一是占了有利地形，虽然不当街，不是热闹所在，可挨着学校和研究所，比临街更优越。京都的人文科学研究所和京都大学几十年来都是关西中国学研究的中心，那里的图书馆藏书丰富，研究班、报告会举办频繁且受人瞩目，经常有邻近地区的学者赶来查资料或参加学术活动，每来一趟顺便就会往朋友书店看一看。土江本来没打算从别人身上赚钱，他等的就是这些个常来常往的老顾客，所以躲在街背后也没关系，正寻个门前清静。

再说第二个原因，那就不归地利而是要讲讲人缘了。我在京都大学访学的时候，隔一两天就会见朋友书店的人到研究室来送书，送书人面目清秀、西装笔挺，肩上扛重重的一只大纸箱，挨个敲门。起初我想不到这便是老土江的儿子，后来熟一点，知道他的任务是出外勤，每天开车去学校、研究所或人家里送书。小土江到过中国，知道中国的书店根本不用这么辛苦费事，他似乎感慨在日本生意不好做。不过我告诉他，从前中国的书店也是要派伙计往教授家跑的，现在不必跑，是现在的读书人没有消受这份服务的福气。听完我的玩笑话，他也笑了。

朋友书店不仅殷勤上门，对老主顾，他们还有一种优惠办法，就是允许赊账，书可以先拿去用，年终发奖金时记得交钱来就行。比如京大的学生一年级买的书，拖延到毕业时结账也没关系。这一条，我想对天下的读书人都是天大的诱惑，因为他们发财的时候少却一刻不能没有书看。

土江父子的体贴和情义得到的最高回报，就是获得了他们照顾过的人对朋友书店一心一意的支持，这些人不管在京都还是到了别的地方，往往数十年不间断地从这里买书。本部设在东京，也以出版、经销有关东方学的书籍为主的东方书店，在京都、大阪也开有分店，可是提起京都，他们的人就摇头，说那里是朋友的地盘，东方打不进去。京都人特别重情义，东京人说。记得在汇集了名家之作的一本吉川幸次郎的纪念集里，看到过老土江写的一篇文章，讲述他对这位大学者的景仰与他们之间不寻常的交往关系，读来让人羡慕，更让人感动。买书卖书人之间的这种厚谊自然不是一朝一夕建立起来的，而基于相互信任相互照应心理结成的使双方受惠的关系，也当然经久不变、源远流长。

朋友书店定期给读者寄送自己印制的书目，看到书目就不必花时间上书店选书。我买书的时候，却喜欢自己爬吉田山坡，因为正可以借此里里外外上上下下把店里的书全看个够，额外地过一把逛书店的瘾头。交上书单不久，小土江果然将书送到家里，其中一部分还是麻烦他们从别处调来的，因为京大中文研的教授预先打了招呼，他们又送给我一点折扣。

同土江父子打了几次交道，我终于明白即使是从专业人士苛刻的眼光来看，讲朋友书店是一个非常好的、水准高的书店，也并非言过其实，因为它不光服务周到，进书的品味也是一流。它的架上不但摆着经典名著长销书供人随时挑选，也有最新出版的学术著作报告目前情况，日文版书如此，中文版书也是如此。有些中国出版的专业好书，印数极少，甚至在北京都不曾见到，这里却有卖。它进书的速度之快，更令我们这些东游之人万分诧异，国内还没有上市的，在这里反能买到，是颠倒了的"时间差"。难怪人在国内时并不一定就消息灵通，即便京沪两地也常感各自隔绝。京都虽然算不上交通、通信最发达的现代城市，可是有了朋友书店，就能够大体掌握日本和中国大陆的专业书讯，并且迅速买到需要看的书籍。在获取情报这一点上，我常以为异国的同行比我们幸运得多。

朋友书店的中文书多从大陆进口，要找台湾出版的书则必须去中文书店。中文书店的经营策略看来也以服务于中国学家为主，进的书专业性都很强，不过偶而它也卖卖畅销书。中文书店的背后其实是中文出版社，出版社大约与本地学界联系密切，影印或排印的中文书籍在选材上尤具特色。兆光在店里买到过一部《禅林象器笺》，是列为柳田圣山主编的"禅学丛书"之一种影印出版的，旧籍新印，因为它曾经并且至今仍然大有用处。我想中文书店和中文出版社的关系就是所谓的"前店后厂"了，以销带产，以产供销，其规模虽然远不能与大出版社相比，但面对同样为数不多的中国学者市场，也恰恰合适。

出版社在自己的店里售书和书店有余力自己做书卖，都好在省去中间环节，减少不必要的资源浪费，朋友书店也如此利用它联络的学者自己编印了一些书。但是能够这样做的前提，必须是宪法保障出版自由，不设检查官，否则的话，像朋友、中文这两家小书店，恐怕连买书号的资格都不具备。

除了这两家，京都还有一处也卖中文书的地方，叫弘文堂，那是一个历史悠久的书店，现在主要卖旧书。弘文堂曾经资助过一个近代有名的杂志《支那学》的出版，这个杂志曾经第一次载文正面介绍胡适等人和中国的新文学运动，在当时的中国学界吹进一阵新风。我慕名随川合康三教授而去，看到它的确有很不错的收藏，可是那一天店里的冷清也令我印象深刻。后来几次路过，都见它的门紧紧锁闭，门玻璃后面掩着白色的布幔，仿佛连往日的风采一同深深地掩藏了起来。

可是，京都昔日的风采依然那么使人憧憬迷恋，住在京都的日子里，百思不殆、百谈不厌的话题，莫过于京都还是不是罗振玉、王国维来时的旧模样。当年他们逃难在此，却能安下心来研究学问，是因为在这里反而听得到熟悉的乡音，而这乡音正可以抚慰他们难以平复的思乡之情吗？到京都以后，自然就明白他们的确有过很多很多研究中国学的日本朋友，以及这些朋友曾经给予了他们怎样的精神和物质支持。而使我吃惊的是，研究中国学的人至今仍有那么多。

我想，那样众多的研究者、爱好者，肯定是中文书书店得以存续的非同寻常的基础，然而，这句话不知道可不可以反过来说。如今的出版社、出版物多得叫人目不暇接，倘若没有书店来替我们接收归纳、分流引导，恐怕我们会走上迷途，茫然失所。因而书店的作用决不是仅仅给我们提供一手交钱一手交货的场所，它在给读者输送营养的同时，甚至影响了读者的生命进程。这样的情形，在先贤前辈的学术生涯中呈现得本不算少，只是不知道可不可以照此解释京都的中国学研究界与朋友书店、中文书店和弘文堂的关系，并且把这样与读者关系密切的书店，算作我们对未来的一个期待。

去日本的外国人都难忘这样一种风景：电车上的人，不分男女老幼、同行不同行，全都无言无语，安静地低头看书。我把这个印象说给日本朋友听，朋友大笑：你知不知道他们看的也许是漫画？为什么包着封皮？为了遮人耳目。暑假快要来了，电视新闻发表统计数字，说眼下的中小学生只看漫画不读字书了，还说连大人们也未必具有对漫画的特殊免疫力。过了暑假回到北京，又听说在风靡过台湾宝岛之后，可爱的机器猫、樱桃小丸子也将勇登大陆。会不会连日本电车上的风景也一起进口来？

　　漫画也罢，其他也罢，我希望的是，在我每天要搭的电车上也坐满读书的乘客。之所以有这样的愿望，是因为那样的话，我们势必也要出许多许多的书、开许多许多的店来照顾这些读者，还有到那时候，天天遛弯儿逛书店就肯定不再是奢侈的梦想，而我们更不必费了很多周折，漂洋过海去享受逛书店的快乐。

对中国文化的乡愁

一

1937 年冬，也就是卢沟桥事件发生不久，吉川幸次郎在北京见到了周作人。

那时的周作人，已经发表了不少关于日本文化的研究，在中国，算得上为数不多的"知日派"，然而，面对日本这样一个在他看来是"明净直"的民族，它对待中国，为什么只有"黑暗污秽歪曲"，只有离奇的"恶意"，比照历年来的考察，周作人觉得还是谜一样的不可解（周作人《日本管窥之四》）。前去看望他的吉川幸次郎直率地指出：那是因为你的研究，太注重日本文化里的中国部分了。你把注意力放在了平安时代、江户末期和明治的一部分文人身上，看到的就只是日本"文"的一面，而没有"武"的一面，可是在日本的历史上，比如镰仓时期，便是"武"的代表（吉川幸次郎《外国研究的意义与方法》）。

见到周作人的时候，吉川幸次郎还只是京都大学的一名年轻的中国文学讲师，九年以前，他曾到中国留学，在北京住了三年。而自从1911年结束长达六年的留日生活归国之后，周作人虽然也在北京大学开着日本文学的课，可是他的涉猎范围早已经远远超出了日本。1937年，正是中日关系紧张到战争一触即发的时刻，迫于时局，周作人无奈地匆匆放弃他的"日本管窥"，但不同的是，吉川幸次郎却跟不少日本的汉学家一样，愈来愈感觉到深入、全面地了解中国的紧迫性。一退一进之间，这两人截然不同的取向，也仿佛象征着近代以来的中国和日本相互观望时的姿态。

近代以后的日本，就像人所共知的，不仅在地缘政治上与中国渐行渐远，用明治（1867—1910）时代的启蒙思想家福泽谕吉的话来说，中国和朝鲜，都成了日本在亚洲的"恶友"（福泽谕吉《脱亚论》）。在西洋文明的冲击和感染之下，尤其经过甲午之战（1894—1895）、对俄战争（1904—1905），逼迫清政府割让台湾并从清朝和俄国手中接掌了对朝鲜的权力，势力直达中国东北，中华帝国的形象轰然坍塌，日本一跃而为亚洲强大的新兴帝国。正所谓攻守之势易转，普通日本人对中国的看法骤然改变，对上千年来浸淫其中的中国文化，也产生了厌恶、鄙夷的心情。

汉学家的地位自然一落千丈。而远的，不必说到大化革新，就是不久前的江户（1603—1868）时代，情况也还那么不同。尽管德川政府采取闭关锁国的政策，令一般汉学家都无缘接触到现实中的中国，可是借由文献典籍抑或中、朝使者，人们仍有机会认识中国，研习中国传统的文化。某种意义上讲，汉学既是关于中国的学问，也是日本的学问。比如朱子学就被幕府和一些藩主奉为官方之学，曾经占有政治意识形态的主流。又比如赖山阳那样有名的日本史家，也能写一手典雅的汉诗，像他的这一首《岳飞》："唾手燕云志已空，两河百郡虏尘重。西湖赢得坟三尺，留与游人认宋封。"（《山阳诗钞》卷二）就几乎没有留下所谓"和臭"（按："无和臭"，是江户时代对汉诗的一种很高的评价）。然而，19世纪后期的开国，却让日本在从此

吉川幸次郎（1904—1980）

怀上绵绵不绝的"脱亚入欧"梦想的同时，渐渐淡却了对中国文化的兴趣，正像曾以"杂种文化"来形况日本的加藤周一所说，当西洋的一切都成为理想，日本也就"一边倒"地从中国掉头彻底转向了西洋（加藤周一《日本人的外国观》，载氏著《杂种文化》）。以中国为主要研究对象的汉学，于是无可避免地遭遇了越来越被边缘化的命运，汉学家们则发觉自己忽然变成了这个快速发展的社会里的无声无息的退隐之士，变成了"无用的长物"。

明治维新后的日本的形势，就好像近代中国打开国门后的"西潮"澎湃的情形，浪涛滚滚，把这个古老的东方国家卷入到一个新的现代世界。吉川幸次郎虽然比周作人小了大约有二十岁，但他身处日本全面追求现代西方文明的大的转折时期，跟周作人那一代受过"新文化"洗礼的中国知识分子的处境和心情其实有一些相似，也就是说，潮流当前，他们在文化立场上，往往首先选择的，都是与自己的传统文化及修养相去甚远、代表了现代与先进的西方。他们一心一意地接受西方的观念、趣味和潮流，就连在专业领域，也竭尽全力去同西方接轨。

大多数日本的汉学家似乎都已经看得非常明白，在这个时代，唯有同西方接轨，才是"预流"，才能保全自己的社会地位并且提升汉学研究的价值，也才能在日本近代国家的思想文化建设当中，继续取得发言的资格。曾是北京大学校长的蒋梦麟在他"有点像回忆录，也有点像近代史"的自传《西潮》中这样写道："我们吃过炮弹的苦头，因而也就对炮弹发生兴趣。一旦我们学会制造炮弹，报仇雪耻的机会就来了。"这一段道出近代中国知识分子心声的自白，也恰好反映了日本近代汉学家的心路历程。

同西方接轨，就日本的近代汉学而言，可以举两个比较为人熟知的例子。

我们知道，明治初期，一些富有汉学修养的家庭或私塾在教授子弟时，仍以研读中国原典为主，四书五经而外，又有《史记》、唐宋八大家等等，比如讲中国历史，就常用到曾先之编写的《十八史略》。可是到了明治二十年代左右，有"东洋史"创始人之称的那珂通世等人倡议历史教学的改革，主张弃用《十八史略》之类的汉文文献，而使用那珂通世自己编写的《支那通史》。在此之后，中国史的讲授思路和研究方法便大为改观。据说《支那通史》编到宋代以后，那珂通世就表示，向来被我们当作历史线索和基本史料用的《元史》等虚构太多，不足为据，现在需要把西方学者关于西域的研究补充进来，因为西域既包括在蒙古民族广泛的活动区域之内，也是东、西两个世界的重要连结点。引入西方的文献及其研究，正是中国史发展至东洋史的一个重要契机。稍后，桑原骘藏编写《中等东洋史》，在中国这一部分，把殷周（上古）称作"汉族膨胀时代"、秦汉六朝唐（中古）称作"汉族优势时代"，把五代宋元明（近古）称作"蒙古最盛时代"、清代（近世）称作"欧人东渐时代"，也是从中古时代起，就将历史叙述的重心移到了汉族与塞外各民族的冲突上面。

在东洋史的这样一个架构之下，当蒙古、突厥、女真等国家和民族的历史也被整编进来的时候，传统中国史所关注的发生在中国内地的兴衰流变，便再难以成为历史叙述的脉络和焦点。像桑原骘藏的《中等东洋史》里，还包括有印度、中亚，就是说这个东洋史，覆盖了几乎整个亚洲，而这样一来，中国史，无论如何也只能占到其中的一个部分。换句话说，一旦"东洋"这个区域性的概念，代替民族国家，成为历史叙述的单位，"中国"无疑会从这种历史的叙述中慢慢淡出。

发生在甲午战争前后的这样一种学术方向的转移，当然有它十分现实的背景。对于国力迅速增强的日本来讲，重建亚洲新秩序以对抗西方列强，包括走所谓"日支提携"的路线，已成迫在眉睫的事情。在这种形势之下，对中国的现状及其历史，都需要在更广阔的亚洲视野甚或世界格局下面重做研判。1910年前后，东京大学确定由国史、西洋史和东洋史构成史学学科，这一历史学科目的划分，就清楚地反映了近代日本的世界观以及它的自我定位，同时也标志着从中国史到东洋史的学科转型终至完成。

如果说上述的转变，主要发生在历史学领域，那么，明治时代研究中国思想和文学的人喜欢讨论"中国人是怎样的"、"中国文明的传统如何"一类的问题，究其实，也是要对中国的现状及历史做一番新的解读和评价，而之所以对此产生兴趣，很大程度上又是因为有必要将这些问题，纳入到一个以西方的价值观念为主体的解释系统中去。比如在日本出版的首部《日本文学史》里，我们就常常看到，作者是以比较的口吻，谈及日本文学优美、中国文学雄壮，而西洋文学精致等等结论的（三上参次、高津锹三郎合著《日本文学史》）。在汉学家早期撰写的中国文学史书，如藤田丰八的《先秦文学》里，对主要居住在中原地区的汉民族及其创作文学所做性质的判断，如说：汉民族有排他性而使种族纯粹，却也阻止了别国文学的侵入，崇古而使其文学多拟古，却也妨碍了俗文学的发展，重亲情而使其叙事文学贫弱、重实用而使其虚构文学不能发达；中原的土地辽阔却引致其文学的夸张，也缺乏精致的思想和研究的态度，因而失去进步的机会，等等，所依循的，也基本上是来自西方的一种现代化叙事模式。

传统的看法还都以为中国文学的正统当然是诗文，即使是在日本，汉诗文与和歌也一直被视为文学的主流。可是近代以来的日本知识分子跑到欧洲去一看，大都市的剧场既是上流社会的集会场所，也是国家仪式举行的场地，戏剧在西方的社会生活中原来有着那么重要的地位，回过头来，于是就想到要在东洋"发现"剧场和戏剧。中国文学史脉络中的戏曲，因此也就是在明治时代，由幸田露伴、笹川临风这样一批既兼通中国与日本文学，又善于融合西方理论的学者最早发掘出来的。戏曲的发现，不但瓦解了很久以来人们对中国文学的一种认知，更是颠覆了传统里比如雅俗等等重要的文化观念。

具有颠覆性的成果，还包括了像白鸟库吉的《中国古传说之研究》。在质疑尧舜禹的历史存在、挑战传统汉学家的中国上古史观的同时，依靠西方的科学史学的方法，白鸟库吉也将对中国传统史料的不信任推到了极点。又像桑原隲藏讨论中国历史上的吃人风俗、宫崎市定论说中国历来的奢侈风气，也都是在一种相当宏大的现实关怀之下，于传统的历史叙述及历史文献之外，另辟蹊径，重新构造出一副别样的中国风景的。

　　在这样一个风气里面，近代以来的日本汉学界特别流行一种看法，那就是与其到中国留学，不如去德国、法国和英国取经。早在明治后期，为改革日本汉学的教学和研究，写有《北京笼城日记》并做过京师大学堂教习的东京大学教授服部宇之吉就曾受命赴德国进修。到了几十年后，石田干之助在国内出版《欧人的支那研究》一书，详述欧洲古代以来的汉学的形成和发展，依然大受欢迎。很多人还都明白，要想涉足敦煌学或是其他关乎西域的学问，要想研究中西交通史，就得掌握西域的语言并熟悉西方的典籍文献，这样的话，就一定要去西方学习。

　　向西方学习的，不只有语言，也不只是他们在处理文献资料上的科学手段，还包括有田野调查的方法，也就是到中国来做实地考察。近代西方兴起的社会学人类学风气给日本汉学家带来相当的刺激，感慨于源自传教士传统的西方学者不满足于了解文献中国而深入内地调查实际中国的精神，他们把足蹈中国内地、耳闻中国语言、阅读中国新作的方法，称作用"活的眼睛"看中国。由日本南满洲铁道株式会社支持、白鸟库吉负责的满鲜历史地理调查室，便是在这一背景下成立的，在当时，它不仅频繁组织在中国的大规模调查活动，也的确收集到庞大的资料报告。而直到二战结束以前，由于往来出入几无限制，一般从事汉学研究的人，大都有机会游历中国。

发生在东洋史学、中国文学史学领域的上述变化，大概已可以说明，在日本汉学超越自身传统、追随现代化的过程当中，西方的影响，究竟起到了多少作用。而伴随这一"西化"过程产生出来的另一趋势，是在许多日本汉学家的心底也渐渐生出一种对抗的乃至于压倒的意识，即所谓师夷之长技以制夷的心理。

早在明治时代，做过东京大学校长的井上哲次郎就宣称，欧洲的东洋研究特别是有关日本和中国的部分毕竟幼稚，因而研究东洋史不仅是日本人的责任，也是日本人可以迅速战胜欧洲的一项事业。他赞扬古城贞吉的《中国文学史》，就是将其比作文学史学中的陈胜、吴广，认为此书有揭竿而起、填补学术空白之效。与井上哲次郎的心情一样，白鸟库吉也曾激愤地把西洋学者在东洋学领域的执先鞭，说成是跟东洋人在政治上的被侵略被蹂躏完全同等的耻辱，大有战而胜之的意志与决心。

而当师夷之长技即对西方汉学有所认识之后，日本汉学家果然得出一个普遍的看法，那就是西方人解读汉文的能力毕竟有限，不大容易做到博览多识、融会贯通，难免常常因臆断而陷入谬误。在这一点上，日本汉学界其实很有优势，因为日本长期受中华文化的熏染，一般学者都有深厚的底蕴，足可与西方人一较短长。这就是为什么中国的问题，要由日本人来解决，"卧榻之旁，岂容他人酣睡"！

这也是为什么直到今天，我们仍能在一些日本的汉学家身上看到一种特别的自信，他们相信自己是结合了东西文化的特点、兼有传统与现代之长的一群。一方面，他们认为自己在基本文献资料的掌握上胜过西方，另一方面，他们又觉得自己在研究手段的更新上，领先中国一步。关于后者，吉川幸次郎曾经举例说，中国文学的历史及美学特征，就是在西洋方法的启发下才作出理论化的阐述的，在这一问题上，日本人的研究无疑先于中国人。

1937年底的吉川幸次郎，或许也就是因为如此，才在周作人的面前表现出了那么样的自信和坦率。

二

《对中国文化的乡愁》（复旦大学出版社2005年版）一书选译的，就是在近代这样一个由东向西的大变动时期，仍然保有深厚的传统汉学的修养，可是视野已扩大到东洋甚至世界上，同时又有过留学或游历中国的实际经验的这样一些日本汉学家的随笔。

书名取自吉川幸次郎写的一篇随笔的题目，这个题目，曾经也用在吉川幸次郎的一个个人随笔集上。在为那本同样取名为"对中国的乡愁"的小册子所写《解说》中，对这样一个题目，贝塚茂树有一段注解式的说明，他说："吉川幸次郎氏为这个随笔集取名"对中国的乡愁"，乡愁一词，在他的意识中，我想这时是与一般人理解的乡愁完全不同的。它与学子对于偶然邂逅的巴黎、瑞士怀有的那种乡愁，或许有同样的内涵。它指的是在法国留学的人回忆起巴黎的留学时代，在瑞士的旅行者回忆起攀登阿尔卑斯山时的情景，在那时表现出的一种感情。这个乡愁，不过是借用来说明终归为异邦之人的日本留学生、旅行者对待异乡的情感，是超出了这个词的本意的。"（吉川幸次郎《中国への乡愁·解说》）强调"乡愁"的"乡"，已非"故乡"之意，却不过是人生中偶然停过的一站，这一点，也正是我们寄望于中文世界的读者应当明了的。

简单介绍入选者的经历。

青木正儿（1887—1964），1911年毕业于京都大学的中国文学科，他的父亲，据说就是一位颇有汉学修养和中国趣味的医生。他的兴趣最早是在元代戏曲上，也是最早把胡适、鲁迅代表的中国新文学运动介绍给日本汉学界的人。早年主要研究中国的文学艺术，写有《支那近世戏曲史》、《清代文学评论史》等，涉及到诗文戏曲、绘画音乐、宗教民俗等众多领域，晚年则集中在名物学上，往往结合实物训释文献所见事物的名称，也涉及到居住饮食、舆服工艺等诸多内容，著有《中华名物考》一书。他1922至1924年考察过中国，写有《江南春》的游记。

石田干之助（1891—1975），1916年毕业于东京大学的史学科。翌年到中国东北等地作学术调查，同时负责为岩崎久弥收购北京王府井的莫里森文库也就是后来的东洋文库，以后长期主持该文库的工作。莫里森文库以收藏有关中国的欧文书籍而闻名，这与他的学术兴趣始终在东西交通史上相当吻合。前面提到他写有《欧人的支那研究》一书，曾经多次印刷，影响很大，随后发表的《欧米的支那研究》仍然好评如潮。他还有另外一部《长安之春》的著作，描写唐代长安这一国际性大都市的种种风情面貌，迄今都是公认的东洋学名著。他是小说家芥川龙之介的朋友，芥川龙之介的小说《杜子春》，据说便是根据他提供的素材写成的。

仓石武四郎（1897—1975），1921年毕业于东京大学的中国文学科，同年即到中国的上海、宁波等地旅行了一个月，随后转到京都大学读研究生。1928至1930年在北京期间，与胡适、鲁迅等众多中国学者相往来，见于他用汉语写作的《述学宅日记》。回国后，先后在京都大学、东京大学讲授清朝的小学和音韵学，同时致力于中国语的普及教育，著有《中国语五十年》，并参与编写了《岩波日中辞典》。1954年、1960年又随学术考察团重访中国的北京、上海、广东等地。

宫崎市定（1901—1995），1925年毕业于京都大学的史学科。他在大学时代，就对拥有古老文化的汉族与北方朴素游牧民族的关系甚为留意，这或许就是他后来写作《中国奢侈的变迁——羡不足论》一文与《东洋的素朴主义民族和文明主义社会》一书的最初思考。大学毕业前夕，他曾参加文部省的学生考察团来到南中国的上海、广东等地，1932年，又曾以军人身份在上海附近驻扎过三个月。1936年前往巴黎留学两年。他主要研究宋史、中国制度史和社会经济史，涉猎广泛，著述极为丰富，岩波书店为他出版的全集多达二十四卷。

吉川幸次郎（1904—1980），毕业于京都大学的中国语学文学专业。他在中学毕业的那一年（1923）寒假，就第一次游览了中国的上海、苏州、南京等地，1928—1931年读研究生时，又在北京留学三年，1937年、1975年和1979年都曾短期访问中国。他的主要研究方向是中国的文学和经学，但在专业性的研究与学院式的教学之外，也非常热心地推动中国文学在日本社会大众间的普及，这为他赢得了巨大的社会声誉。他的代表作有《元杂剧研究》、《新唐诗选》、《杜甫诗注》等，岩波书店为他出版的全集计有三十多卷。

汤川秀树（1907—1981）和小川环树（1910—1993）是一对亲兄弟，1930年代相继毕业于京都大学。他们的父亲小川琢治（1870—1941）在中国历史地理学上很有造诣。兄弟中，还有一个贝塚茂树（1904—1987），也是中国古代史的专家，1928年曾与吉川幸次郎同往中国。小川环树1934年4月到北京留学，次年转至江南，在上海的内山书店，多次与鲁迅会面。1981年4月为调查吴语再访北京、南京、苏州、上海。他的研究和教学领域，主要在中国文学、语言学。汤川秀树虽非汉学学者，他的专业是物理学，是1949年诺贝尔物理学奖的获得者，但由于他自幼受到良好的传统汉学的教育，后来写下过大量的谈论东西文化的随笔，颇能反映他那一代知识分子的知识结构和文化修养，这里因此也收入他与中国文化有关的三篇随笔。

三

选编和翻译这样一个带有学术性的随笔集，是多年前就有的计划。

我和贺圣遂先生本来的专业都是中国古典文学，跟日本并无关系，但在上个世纪的 80 年代前后，学界好像曾经有一个基本共识，就是认为日本的汉学尤其日本学者研究中国古典学的水准很高，而那恰好是我们先后进入到不同的大学，又在大致相同的理由之下，被劝说着学了日语的时候。此后的数十年里，我们在各自不同的工作环境里，不断接触到日本汉学家的研究论著。

日本汉学家的论著，上个世纪以来，以中文翻译或介绍的，已有不少。不过，就我们日常浏览、阅读的范围来看，那也还是吉光片羽，尚不足以使中文世界的读者一窥其全貌。特别由于向来译介的，多为专业性较强的论著，这种不知有意抑或无意的选择，有时更在读者中间留下对日本汉学的片面印象。记得当初我们自己也曾接受过一种相当流行的看法，就是误以为日本汉学家的所长，仅仅在编资料、搞考证这一方面，下的是死硬笨的工夫，做的是静止沉闷狭窄的学问。直到后来阅历渐增，才如"行山阴道上"，"山川之美，应接不暇"，发现日本汉学实在比想象中的丰富许多，包括那些精细碎琐的考据和悉心编制的索引，原来都联系着时代的变迁、政治的演化以及与之相伴的学术的转移。

我们相信，正是因为有这样一些历史的和现实的背景，才使日本汉学在世界上享有崇高的荣誉，并且绵延至今，仍然保持它的活力。我们也愿意把自己历年来的阅读经验贡献出来，与读者诸君分享，选译这些学术性的随笔，是我们的第一步。

关于选和译，这里要稍作说明。

首先，受限于我们自己的学力、阅历，也为国内的日文书籍严重不足所限——这后一点，数十年前即为吉川幸次郎所察觉，他说，研究日本学的中国人最先遇到的困难就是日本书籍难求，又批评日本政府和有识之士对此漠不关心。研究日本如此，何况研究日本的汉学。而这种情况，数十年来竟一无改变——我们认真读到过的日本汉学著作，也许只可用沧海一粟来形容，因此这一次的选，虽然尽可能地避免了"拣到篮里就是菜"，但也还是达不到理想中的真正"普选"。不过就在有限的条件下面，我们也设定了若干选的原则：一是为了体现近代以来日本汉学的上述重大变化，入选的作者，基本上都生活在明治、大正、昭和时期。二是尽量选择论题不俗、篇幅适中、文字清畅的较有可读性的札记随笔，这既是为了照顾读者的兴趣，也是尝试从另一角度反映日本汉学的活泼、有趣的一面。三是选文力求避开意识形态方面的问题，以免去必要的却也可能是复杂的背景解释等等。

其次，我们选录的这些学术性的随笔，例如石田干之助、吉川幸次郎、汤川秀树等人的作品，即使在日语世界里，也是为人称道的，所以翻译它们，是对我们的专业知识和中文表达能力的考验，为此我们花费了相当多的时间。希望最后呈现在这里的译文，既能少失掉原作的精神，又能符合中文的表达习惯，在中文的世界里，也可以独自成篇。

点滴书外事

读完吉川幸次郎的这本《中国诗史》（章培恒等译，复旦大学出版社，2001），首先想到的，却是些书外的事情。

1967 年，吉川幸次郎即将从京都大学退休，就要去过他的"学院外的儒者生活"，他要求早年的弟子高桥和巳回母校，而此时的高桥和巳已经是名满日本的新锐小说家了。高桥和巳的小说常常写到那些在理想与现实的巨大鸿沟中间被搞得身心分裂的学院知识分子，现在他却要听从师命，尝试去过边教中国古典文学边写小说的另类学院生活了。回校后不久，他便替吉川博士编选了这本集子。

从 1950 年代初选择进入中国文学专业到这一年的春天，高桥和巳也是第一次有机会到中国访问。短短两周，

《我心匪石》，东京新潮社 1967 年初版、1970 年第
十八版

对从广州到北京的所经之地、对"文化大革命"中的人情物态，他都有相当细致的感受，这段时间写下的随笔，就题名作"新的长城"。到了秋天，他又出版了一部新的小说《我心匪石》。

高桥和巳的小说有两个明显的特点：一是没有一丁点儿日本传统的"私小说"的味道，所涉多为国家、社会、政治的大问题；二是使用了相当多的汉语语汇，被人称为文言式的或儒家、法家式的。高桥自己就说他很喜欢这样夹杂了汉文的硬朗的文风，而作为二战后成长起来的青年知识分子，他也无法不对1950、1960年代的日本社会和政治抱一份特殊的热情。这份热情，甚至也投射在他对中国文学的学术研究当中。高桥和巳曾借着司马迁发愤作《史记》的话题说过：历经磨难而仍能对社会怀抱热情，不具备这种意志的人，就没有资格创作文学，也没有资格研究学问。这仿佛便是他自己的写照。在有关陆机、李商隐、王士禛的一系列论文中，许多人注意到，那些对中国诗人的处境与心情的描述，其实都来自于他对自己时代的体验，是他自己的内心的流露。

转眼便是1968年，日本也迎来了学生运动的季节，高桥和巳无意间卷入其中，以一个助教授的身份，却站到了学校绝大多数教授的对立面。理论思考与政治判断力之间的矛盾、无关利害的思想与日常伦理之间的冲突，都使他感觉到前所未有的"自我解体"。1970年春，迫于种种压力和严重的病情，他辞去了京都大学的教职，翌年病逝，年仅三十九岁。

在高桥和巳的葬礼上，吉川幸次郎说，自己曾对高桥寄予了很高的期望，希望他不止当个作家，更成为一个好的学者，如夏目漱石，但恐怕正是自己如此的期望加重了他的负担，使他得病、早逝。吉川幸次郎与高桥和巳间的师生情谊，已为学术界的一段佳话，有人后来还设想过，高桥和巳所继承的如果不是吉川的学风，而是其他什么人的，那可能会令他走上另外一条精神之路。然而高桥和巳自己却说，还在大学里上吉川博士"杜甫私记"课的时候，就已经深为其魅力所倾倒了。

吉川幸次郎的魅力，即使在他留存于今的文字里边，也能够感受得到。这种魅力，当然不仅仅出自他渊博的学问和那一口漂亮的京腔，更缘于他在谈学论道时所表现出的非凡的自信。那是基于一种对学术的始终不渝的信念，既化作一种人格境界，也化作一种道德的力量，在《中国诗史》的"解说"里，高桥和巳这样写着。也许更加难得的是，这种学术自信，还是在历史的逆境中千锤百炼出来的。

吉川幸次郎时常说，中国文学是他的学术研究对象，可是，更是具有普遍价值的、属于全人类的文学。中国文学中对于普遍人类的那种关注、那种人道主义精神，中国文学家对待社会的那份责任感，是过去的、也是未来的日本文学发展的一种资源。他倡议日本的青年要读一些中国书籍，他说，不是教他们站在狭隘的立场，从中学习中国的或东洋的思想，而是要他们吸取其中具有普世意义的东西。二次大战以后，他强调说，以乐观为基调的、主张人与人之间的互相谅解和宽容的中国文化，较之倡导个性的欧洲文化，尤其值得日本学习。

怀着对中国文学的这样的信念，吉川幸次郎每每越过京都大学的围墙，给报纸写随笔，在电台作演讲，用尽可能的方式，向学院外的普通读者介绍中国文学和中国文化。1950年代前半期，他与诗人三好达治合作，先是出版了一本《新唐诗选》，后又与法国文学研究家桑原武夫合作出版了《新唐诗选续篇》，这两个选本完全改变了唐诗在日本读者心目中的一贯印象，散发着新鲜的时代气息，这两个选本也使"吉川幸次郎"的名字远远超出中国学的学界范围，而为一般日本人所知晓。在1969年致历史学家贝塚茂树的一封信中，吉川幸次郎曾经感慨地写道：由非专业人士写下的谈论中国文学的著作，往往比专业学者的著作更有用，也更有趣，因为非专业人士所表达的，倒恰恰是在专业学者那里难以看见的对于人类"乡关何处"的关怀。作为一个穿"经"入"集"的训练有素的专业学者，他的眼光并不止于学校的有限的领域。

也许就是因为这样的理想，使得吉川幸次郎十分看重高桥和巳，看重他的小说家的才华，那是具备了驰骋于专业内外的能力的一种证明。也许在高桥和巳身上，吉川幸次郎还看到了一种更为熟悉的东西，那便是他在司马迁的《史记》中发现过也赞扬过的，对于常识的或说是多数人的暴力的反抗。在20世纪的日本，即使只在学术界为中国文学的研究争一席之地，已经相当艰难，更不要说培养出一大批中国文学的读者或追随者，可是让人更感窘迫的现实也正在于此：如果缺乏广泛的读者群，那又会使中国文学学者更加丧失在学界的竞争力。京都大学几十年来所树立的中国学的独特声誉和地位，在吉川幸次郎这里，丝毫不存在毁弃的理由，虽然他这一代中国学学者所要应付的局面，已经是复杂得不能再复杂，但他仍然一点不失信心地面向社会大众普及中国文学，他的意图，仿佛是要唤回人们对中国文学的兴趣，然后再借由大众的兴趣来推进中国文学的专业研究。

所以选中高桥和巳来做这样一份特殊事业的继任者，并不是吉川幸次郎的判断出了差错，从《中国诗史》的选文以及附在全书之末的"解说"来看，高桥和巳也的确与他心意相通，只不过就像中国文学的命运已经由不得人来把握一样，上天也没有给高桥和巳更多的时日。《论语》中有"颜渊死，子曰：'噫！天丧予！天丧予！'"的记载，吉川幸次郎曾对此赞赏有加，他说这一连串的叹息，生动地写出了对自然和人生一直抱有乐观信念的孔子的内心的动摇，正是《论语》最值得玩味的地方。题为《新的恸哭——孔子与天》的这篇文字发表于1961年，后来也收入了《中国诗史》一书，那时候，他自然想不到日后也将遭遇类似的一恸。

高桥和巳在《中国诗史》的"解说"中提示道：要了解吉川博士对中国文学的评价及其文学史观，就必须要了解他的人格。对于吉川幸次郎，这恐怕算得上是知己之言，而对于我们，这也可以说是一个不错的提醒。

　　顺便说说我的经验或叫作偏见。我总以为哪怕作为一个专业读者，在阅读国外出版的中国学研究著作的时候，对无论是著作者本人的情况，还是著作者所面对读（听）者的情况，最好也都要能去探知一二。读其书不知其人可乎？著作者本人的情况当中，最好还要将其对所研究事物的态度乃至对中国的态度一并包括进去，这样讲，在"作者已经死了"的现时代，一定会有鼓吹出身论乃至政治决定论的嫌疑，可是大量的事实摆在那里，不如此观察，就永远也搞不懂诸如选题的动机、所采用方法的依据和结论的效用等等貌似纯学术的问题。另外，之所以说最好还应弄明白著作者面对读（听）者的情况，那是因为读（听）者的知识背景、教养程度和文化价值取向，往往也在很大程度上决定了这些著作的切入角度和论述深度，好的学者总能照顾到其读（听）者的要求。而大多数国外中国学家的著作，首先是为他自己国家的读者而写的，所以译成汉字之后，有些也不见得恰好就对上了我们的胃口。

关于吉川幸次郎，我们曾经谈论过很多，但是关于高桥和巳，在这些年陆续搜集到一部分有关他的资料之后，我觉得依然所知太少，即便只把他看作一个并不遥远的异域的同行，我们还要不要重新翻拣出他的那些谈论中国问题的论文、随笔和那些与中国没有直接关联的小说？今天的我们又该怎样去解读他那个时代的日本中国学？不过离题已经太远，就此打住。

遇见高桥和巳

——文学、学术与现实、历史的叠影

引　子

初见"高桥和巳"这个名字，是 1990 年代初，那时，距离他去世已有二十多年。在京都大学文学部与吉田山遥遥相望的一间办公室，摆满了典籍文献的环室书架上，竖立着一套东京河出书房新社出版的十册本《高桥和巳作品集》(1970 年 5 月初版)。那还是在已经被拆掉的文学部老楼，宽廊大柱，厚厚的暗红色墙壁，在浓荫覆盖之下隐隐地泛着帝国时代的余晖。几年前（本文写于 2011 年）再回去看，旧楼早已不复存在，原址上新修的文学部大楼，造型、颜色、格局都与时俱进。

起初，是颇有些惊讶。高桥和巳曾在京都大学的中国语学文学研究室这个始建于 1906 年的日本最著名的汉学研究及教学机构里任过教职，可是，他的名字却从未出现在我们熟悉的中国学家的系谱里。他又是享誉一时的作家，可是，当他的同代人大江健三郎获得诺贝尔文学奖的时候，他的小说，即使在日本，也几乎无人问津。我后来陆陆续续淘得他的一部分论文、小说和随笔，都是在东京、京都和大阪等地的旧书店里。

绝非籍籍无名之辈，却又似乎被遗忘了很久很久，这样一个人，引起我极大的好奇心。

我这一代人，真正有机会接触到专业性的学术研究，大多是在 1978 年以后。那时候，在与中国古代相关的领域，最为大家看重的就是日本中国学，很多人都希望借助日本学界讲究实证的长处来矫正我们自己在多年的意识形态控制下养成的空疏学风，日本学者在文献考据乃至于索引编制方面的成绩，因此备受赞扬并常常被我们所汲取。这种带有偏向性的评价，可能到今天也没有多大改观，但是久而久之，面对看不尽用不完的那些日本杂志和书籍，我开始有些迷茫，时常在想：呈现为高度专业性、技术化的这些为人称道的论著，它们真的就只是些文献、数据的累积，只是在客观、冷静地就事论事，而丝毫不涉及时代、立场以及情感等等与人相关的因素？我们在评论与利用它们的时候，也真的就可以把它们与作者本人一刀两断地切割开来？

就是在极度困惑的这个阶段，我遇见了高桥和巳。

他是一个学者，也是一个作家，他的世界里，既有古典中国，也有现代日本，他的著作里，既有严谨的科学论文，也有富于想像力的小说与锋芒直露的随笔。他的十册本的作品集，展现的是古典中国与现代日本的相互交错、理性论证与感性抒发的相互激荡，因此从他身上，是能够透过冰冷的文字，穿越时间、地域的阻隔，触摸到日本中国学的脉动，并了解它的过往历史、现实处境以及要解决的问题的。

高桥和巳一生短暂，1931年出生，1971年即去世。去世时，作为学者，他的学术之路刚刚展开，作为文学家，他创作上的影响力也才逐渐散发。但是，他所经历的短短三十九年却极不寻常。他出生那年的"九一八"事变，让日本走上

高桥和巳（1931—1971）

了长达十五年的侵华战争之路，他进中学那年，他的家乡大阪遭遇到盟军空袭，一夜间大半化为废墟……他的青少年时代，恰好经历了日本从二战前的繁荣跌落到战争时期的萧条、战后再度复苏的曲折过程。1949年他考进京都大学，赶上美国占领当局强制下的日本大学改制，1967年他重回母校执教，又陷入日本各地的"大学纷争"……前后大约二十年的校园创作、研究及教学生涯，由此也不那么单纯。如此随着时代而跌宕起伏的一生，令高桥和巳时常处于他所谓"极限"的、"临界"的状态（《极限と日常》），这对于生长在1960—1990年代的中国、同样经历过时代风暴的我，有很强烈的共鸣。

据说高桥和巳清秀俊朗、风度迷人，不过照片上的他，脸上时常挂着酸涩、拘谨的表情。他有一个"苦恼教祖"的名号（埴谷高雄《苦恼教の始祖》），由他留下的文字看，这些苦恼，无不跟时代、社会有关（参见远藤周作在《一度だけ会った高桥氏》），但仿佛越是热烈地拥抱时代和社会，越是与时代和社会隔膜，产生鸿沟，以致彻底孤立，最后自我解体（高桥たか子《高桥和巳と作家としての私》）。"孤立无援的思想"，他的一部随笔集，就是以此为题。

成为小说家

高桥和巳有名，首先是因为他的小说。

1962 年，他的《悲之器》出版，一炮而红，获文艺奖，改编成电视剧播出。接下来，他的小说《散华》、《我心匪石》也都改编成了电视剧或广播剧，一传十，十传百。他的创作力旺盛得惊人，从 1952 年在同人刊物上开始发表处女作《捨子物语》，到 1971 年去世，十九年间，他正式出版的长篇小说还有《忧郁的党派》、《邪宗门》、《堕落》、《日本的恶灵》·等。

评论家说他写的都是"破灭"的故事（野间宏《新しい二つの破灭物语》），《悲之器》便很有代表性。小说写的是一个声名显赫的学者，正值壮年，事业达到巅峰，却为了一点很小的家庭纠纷，而声名狼藉，一败涂地，被彻底击垮的过程。

男主人公法学博士正木典膳是东京某大学法学部的名教授，兼任最高检察院的检察官，既是学术界的领袖，也是司法界的权威。妻子静枝是他恩师的侄女，儿子在北海道大学读研究生，女儿嫁给银行家住关西，家庭圆满，如锦上添花。但不幸的是，六年前静枝得了癌症，典膳的经济学家弟弟向他推荐了米山みぎ到他家里帮忙。米山曾是女校家政科的一名职员，丈夫原是陆军，死于"卢沟桥事变"，孩子也因病而死。孤身一人的她来照顾静枝和这个家，帮典膳解了后顾之忧，带来很大安慰，但与此同时，她也和典膳发生了不该有的关系。静枝死后，米山并没有马上离开，不过她发现典膳将要再婚的对象，是年轻的栗谷清子，这时，她便一纸诉状将典膳告上了法庭。

小说就在这突然到来的变故中，由典膳的自我陈述开始：

因为一篇新闻报道，我开始地位不稳，这很遗憾，却是事实。如果不出任何意外，一步步建立起来的名誉和社会地位不曾坍塌，现在的我，仍然是司法界的一个重要人物，而这也并不会给我——一个大学教授——造成额外的精神负担。

新闻是这样报道的：

因妻子患喉癌去世，某大学法学部教授正木典膳（五十五岁）与家政妇长期过着不正常的生活。最近，在友人、最高法院审判员冈崎雄二郎的介绍下，他正筹划着同某大学名誉教授、名誉市民栗谷文藏文学博士的女儿栗谷清子（二十七岁）再婚。但是，家政妇米山みぎ（四十五岁）却向地方法院突然提出了针对其不法行为的诉讼，要求赔偿自己的损失（慰谢费六十五万日元）。

这篇报道的下面，是家政妇米山みぎ的照片，还有用极其愤怒的语言讲述的一个女人如何被践踏、受到非人对待的命运。几天后，针对这一事件，报纸又陆续刊登出曾经的杂谈家与妇女评论家的对话、农家主妇的来信、所谓进步文化人的短评。某周刊杂志抓住我在回答是否把家政妇当成娼妓的提问时，说到"大概我是爱米山みぎ的"这一口误，强迫我的再婚对象栗谷清子给予评论。然而，最令我感到崩溃的还是在下一个月的综合杂志上，刊登了我的小弟弟、东京都内中央教区某天主教教会神父正木规典的弹劾文章……

在法院裁判之前，由于媒体的介入，正木典膳先已被卷入舆论的漩涡。米山みぎ，一个战争受害者、失去孩子的母亲，一个饱受命运捉弄、走投无路的弱女子，她的一连串不幸遭遇，经过媒体的不断曝光和持续渲染，尖刀般地刺痛了读者大众的心，激起了包括典膳亲友在内的社会各界人士的无限同情。对典膳，则是毫不犹豫的一片谴责的声音。在公众眼里，典膳原本是一个现代社会的成功典范，几近完美。名牌大学教授的身份，让他看起来好像现代理性与知识的化身，最高检察院检察官的身份，让他看起来又好像国家秩序与社会正义的化身，仅此两点，已经造成他与米山间的社会地位悬隔，可谓有天壤之别。然而，就是这样一个高高在上的典膳，却恰恰由于小人物米山的一纸诉状而被拉下神坛，被撕开了私生活中不为人知的一面。那不仅仅是以强凌弱的一面，还是受制于人性的弱点而与道德法律相违背的一面。典膳一向令人高山仰止的形象瞬间崩塌，他的生活变得一团糟，完全失去了控制。

一个在大学里构建和传播现代理性、现代知识，并将它们运用于国家法律的制定及执行，可以说是掌握了现代社会的精神命脉与一般人生杀大权的法学权威，忽然之间悬崖落马，威信扫地，要听凭法院和媒体、听凭家政妇以及社会大众的意志来裁定他的过去与未来，小说描写这种命运和权力的大逆转，虽不乏同情，却也带有很强的讽刺意味。它似乎是要说明依照法律建立起来的所谓日本现代社会，不过是张一捅就破的窗户纸，只有表面的秩序与尊严，而依照现代知识、现代理性建立起来的道德与价值观念，实际上也极其脆弱、虚伪，轻而易举就能颠覆。

法律与人情、学术世界与私人生活，它们之间的紧张关系，反映了高桥和巳对由理性和法律所构筑的现代社会怀有很深的疑虑。有评论家分析，《悲之器》的故事以东京为背景，它的原型却是作家的母校京都大学，正木典膳这个悲剧人物，有三分之一是根据其老师吉川幸次郎塑造的（梅原猛在《高桥和巳の人间》里说，这是桑原武夫的意见）。然而，我却更愿意相信高桥和巳自己的解释。他说，因为自己在二战当中与二战结束后受到的教育，代表的是两种截然不同的价值观，这两种彼此冲突的价值观，在他这一代人心中时常交战，让他们处于精神上的矛盾、分裂状态。尽管在占领当局的命令之下，战后的教科书，有些地方被墨涂黑，可是，这并不等于过去的岁月随之无影无踪。"假如我内心的矛盾能够因此而消解，从此过上悠然自得的生活，那就不会有小说家的我"，高桥和巳说。在这个意义上，《悲之器》也是一部日本的"精神史"（《我の小说作法》）。

在另外一部小说《堕落》里面，高桥和巳讲述的也是一个类似的故事。小说主人公青木隆造在沈阳参加过所谓"满洲国"的建设，战后，他投身慈善事业，在神户郊外办了一个专门收养混血儿的兼爱园，因为工作勤奋，受到表彰。但是，就在受到表彰的当晚，他却接连强奸了两名女性，然后出逃，游山玩水，把奖金挥霍一空，最后因为杀人入狱。

高桥和巳是二次大战中生长的一代。这一代人，一生下来，呼吸的就是饥饿、暴力与极权政治的空气，小小年纪，便在连续不断的军事训练、工厂动员包括空袭当中做好了赴死的准备。战后，经济衰退、占领体制、犯罪等问题接踵而至，饥饿和暴力仍不能免（小松左京《我の世代》，载梅原猛、小松左京编《高桥和巳の文学とその世界》）。危机重重，生死一线，这让他们不但要时刻面对生死、善恶、正邪以及对国家忠诚与否之类的重大问题，有一种对社会的反省、批判态度，同时在内心深处，也产生了深重的悲凉、荒漠的感觉，就像《堕落》里的青木在获奖之后反而倍感空虚，因为他把青春和理想都献给了曾经的"满洲国"，所以自打从"满洲"回来，他的人生便只剩下虚无，徒具形骸而已，也可以说极端虚伪。

高桥和巳在妻子、也是作家的高桥たか子眼里，就是日本的"虚无僧"。虚无僧的修行方式是身穿黑衣、戴着遮颜的斗笠，挨门挨户吹奏尺八，那忧伤的音乐，就仿佛他们寂寞心情的诉说。当日本从败战的措手不及的混乱中苏醒，怀抱希望一点一点向前迈进的时候，她说高桥和巳却是深陷在"绝望"之中，他的作品，写的都是关于绝望（《虚无僧》，载高桥たか子著《高桥和巳の思い出》）。

"绝望"的情绪，当然是与痛苦的战争记忆以及战后持续不断的反省有关，而高桥和巳这一代人的反省，又远远不止于对战争本身，由此向前，更要一路追寻到日本的明治维新时期。他们认为，是明治维新以来举国上下一力追随欧美，走上近代化道路，才导致了对中国的轻蔑，进而发动侵略战争，最后以失败告终，因此，败战的根本原因，是要归咎于对近代化亦即欧化的义无反顾的追求。高桥和巳曾说：我们的祖辈、父辈向德国去学习法制和官僚机构，向法国去学习自由民权的思想，向俄罗斯去学习文学，却偏偏忘记了离我们最近、和我们怀有同样苦恼的国度，不曾去关注中国文化与文学的进程（《文学者にみる视野脱落》）。在一篇涉及到对同样是出身于中国文学专业、同样是作家的武田泰淳的评论文章中，他除了赞扬武田泰淳能够本着知识分子应有的立场，批判日本主流思想界在战中及战后都对日本给中国带来灾难这一点视若无睹，还特别指出在近代日本精神的构造中，有一个很大的缺陷，就是缺少从中国这一维度出发去思考所谓近代化的问题（《日中文化の交点——武田泰淳》）。

从反思日本的战争、近代化开始，高桥和巳对与之相关的中国问题越来越投入，他的小说也染上很强的中国文学的气质。《捨子物语》、《我心匪石》……像这些小说的题目，就带有浓厚的中国色彩，《我心匪石》的题记"我心匪石，不可转也。我心匪席，不可卷也"，便直接取自《诗经》里的一篇《邶风·柏舟》。再由这些小说的内容几乎都不脱离政治来看，他的文学趣味，同他所理解的"言志"的中国文学也实在颇为接近。竹内好说他是杜甫而不是李白，固然指他个性的复杂、深沉（竹内好《醉翁对话》），但也可以说他的小说在追踪与反映时代方面，与有"诗史"之称的杜甫的诗歌异曲同工。他是脱离了日本历来以情感为中心的"私小说"的叙述传统的，他的作品，不但理论性极强，还因为频繁使用汉字，呈现出一种特殊的"汉文调"，简单明快，铿锵有力。是驹田信二所说"硬派的、儒家的或法家的"风格（驹田信二《高桥和巳との私事》）。

成为教师、学者

高桥和巳属于青少年时期吃过苦的一代人。这一代人，色川大吉说，当战争结束，摆脱了饥饿贫困，他们内心的物欲，便转化成了工作的动力。高桥和巳患癌症去世以后，吉川幸次郎在为这个得意弟子撰写的哀辞中，盛赞他是魏晋时代嵇康、吕安一流人物，也像他素所敬仰的六朝诗人陆机、谢灵运、鲍照、范晔一样，才华高迈，只可惜死于非常！另一方面，吉川幸次郎也检讨自己：一直对高桥和巳怀有很高的期待，希望他能像夏目漱石一样，做个有学问的作家，这无疑给他带来巨大的压力（吉川幸次郎《高桥和巳哀辞》）。

十八岁的高桥和巳考进京都大学时，他的愿望是要当一名作家，陀思妥耶夫斯基那样的作家（《诗の绊——吉川幸次郎"随想集"のため》），这也是许多年来日本文学青年梦想的延续。然而，当 1950 年代已是不可逆转的西化大潮底下，有一股反西化、反近代的潜流，伴随着对败战的反思，在暗自涌动。受这股潜流的吸引，高桥和巳把目光投向了东方文学特别是弱小民族的文学，他当然也不想把自己局限在日本文学的狭小范围，于是，选择了相对冷僻的中国文学专业。

中国文学在日本有过众所周知的辉煌历史，至少从唐代以来，就有不少中国的文学作品传入日本，与日本文学融合而成日本文学史的一部分。然而，这尽享殊荣的历史，到了明治维新时代便嘎然而止，引入欧美的文学理论和文学作品，变成日本文学与学术界的潮流，中国的诗文作品愈来愈退到边缘，慢慢演变成少数爱好者怀旧、吟味的对象。二战结束后，随着对于自身的近代化过程的反思，日本的一部分知识分子才又有了审视中国的兴趣，对中国传统文化、文学的热情也时而增温。

高桥和巳清楚地感受到这一点。他参加过由吉川幸次郎和小川环树监制、岩波书店在 1950—1970 年代陆续出版的"中国诗人选集"的编撰，编过李商隐、王士祯两个人的诗集。他也认为现在的日本的确又到了重返中国古典的时候，原因是：第一，明治维新以来，从欧洲移入的许多理论和概念，大都与日本本土产生的观念脱节，比如说我们在大学里讲的政治学、经济学，就是一套书面化、理想化的东西，与日本现实社会里真正通行的那一套权谋、智术，就根本没有什么关系，但后者，却可以在中国的子书、史书里随时随地找到。所以不读中国书，就无法理解现代日本，也无从知晓生活在泰平之世的现代日本人，为什么心理上却总处于"战国时代"。第二，今天的日本，也到了一个文化上的重要转型期，因为战前、战中的日本，一度忘记了自己的历史，否定了自己的传统，在文化上便成了一个空架子，十分地空虚起来，所以现在回归中国文化，无疑于魂归故里，是在寻根。而能否回到中国的传统上去，也决定了日本在西化的滚滚大潮中，能否坚守自我，从而生生不息。本着这一信念，高桥和巳也主张今天再去读中国文学、读日本汉诗文，都不能带着复古、怀旧的目的，要把中国文学当成"世界文学"的一环，要明白中国文学的价值完全等同于欧美文学（《中国古典翻译热》）。

高桥和巳的看法，我相信有不少是从吉川幸次郎那儿来，事实上，恰是与吉川幸次郎的相遇，才让他鼓起以中国文学为研究方向的勇气和热情。吉川幸次郎是他学业上与精神上的导师。这个以像中国人一样穿衣说话、思考写作而闻名的中国学家，对他早年留学过的中国、尤其是古典中国，抱了极大的热诚乃至于认同，他的学生无不深受其感染，虽然对于高桥和巳这一代日本的中国学者来说，在 1972 年与日本恢复邦交之前，一衣带水的中国是那么遥远，中国文学也已变成陌生的、彻头彻尾的异国文学，与日本文学好像没有丝毫的关系。

从大学起到博士论文的写作阶段，高桥和巳一直专攻六朝文学，他选的题目，都是有关《文心雕龙》、谢灵运、颜延之、陆机的，毕业后，他又陆续发表了关于司马迁、潘岳、江淹的论文。六朝文学的研究，自狩野直喜、铃木虎雄以来，在京都大学已成为一个传统，他的这些论文，用为《捨子物语》初版本题过签的小川环树的评价来说，是既敏锐、新颖，又在理论上有所建树的（《我の悔恨——高桥和巳君を悼む》）。他先是在大阪、京都的一些学校兼课，接着去了东京的明治大学，继而返母校任教，这期间，差不多都是在教书、写论文。六朝诗人、唐代的李商隐和清代的王士禛以外，他还写下大量的随笔、札记、评论，纵论中国历史与中国文学，从《史记》、汉赋到鲁迅、丁玲，从儒家到辛亥革命。

中国文学，在高桥和巳看来，主要是"言志"的文学。所谓"言志"，又常常是关涉国家、政治和道德这一类的大事，这也是它同日本占主流的抒情文学间的最大差别。日本文学包括近代日本文学都是擅长表达"私情"亦即人的内心情感的，因此，高桥和巳说：日本文人以为思想就是思想，和文学本来就不是一回事情。在日本近代化过程中起到过推动作用的诸如人道主义、进化论、社会主义等等的思想，都是从国外进来，由少数知识阶级先行掌握，再将它们中的一部分自上而下地落实到制度里面。所以，凡提到思想，在人头脑里首先反映出来的，就是德意志观念或马克思主义这样一些坚硬的、冰冷的、权威感十足的东西。然而，日本近代文学的主流，恰恰是对像法学精英之流的现代社会主宰抱着极大反感的，视之为"入世"官僚，都是"俗物"。而一般的文人也总以为自己属于"不遇"之才，这一来，他们就把思想也排除在文学之外了（《志ある文学》)。

与日本主流的文学观不同，高桥和巳因为接受了中国文学的"言志"说，便深信"有心则有志，有语言则有文学"，同时主张"文学之美"固为文学所有，但文学还有高于追求"文学之美"的目标。他既能从"一身不自保，何况恋妻子"的诗句中，体味到阮籍的哀伤，又能从《大人先生传》的论述里，感受到阮籍的豪迈。正是诗和文所各自表达的悲观与乐观的交织，他说才成就了阮籍诗人兼哲学家的非凡和高度(《作家の行動について》)。

他从汉魏间文学史的流变当中，也观察到政治之于文学的影响力。他认为尽管政治过多地干预文学，并不是一件令人愉快的事情，但不可否认的是，政治的确经常成为文学的助力。试想如果汉赋的作者不懂得"靡丽之赋，劝百讽一"，没有在娱乐性的大赋里头加入政治性的讽谏，他们近于倡优的宫廷文人的地位如何能得到提高？如果不是身为统治者的曹操父子以其卓越的文学才能，亲自参与到创作和批评之中，中国文学又如何能在魏晋期间获得独立？回到日本近代文学史来看，如果不是为民权运动摇旗呐喊，《经国美谈》、《佳人奇遇记》一类的政治小说，又何以能在明治十年左右大行其道（《政治と文学》）？

对中国文学之"言志"的特质越有认识，让高桥和巳也越来越认同汉语言文学里较之日语文学的那种语言的"硬度"和思想的"硬度"。他说自己对汉文有一种特殊的亲近感，以至于影响了他对日本近代文学的评价，比起永井荷风、芥川龙之介这样一些抒情的、优雅的作家，他更容易接受以政论、史论见长的德富苏峰、陆羯南（《みやびと野暮》）。出身法国文学专业的大江健三郎在日后的回忆中也证实了这一点，他记得高桥和巳生前时常在文章里攻击没有汉诗文修养的人，表现出十足以汉诗文为中心的文体观（大江健三郎、小田实、中村真一郎、野间宏、埴谷雄高座谈会《高桥和巳·文学と思想》，《文芸》1971 年 7 月临时增刊"高桥和巳追悼特集号"）。

1967 年春天，接受了恩师"三顾之礼"的高桥和巳，"怀着对母校学风近乎信仰般的幻想"回到京都大学（高桥和巳《私の解体》），就任文学部助教授。他的写作才能、知识储备、理论素养，还有他的声望，都使人对他能够愉快地胜任作家与文学教师这双重身份深信不疑（小川环树《私の悔い》二）。日本近代以来的不少著名作家，实际上都像夏目漱石一样受过很好的高等教育，就以中国文学专业出身的作家而言，比高桥和巳稍微年长而有名的，就有毕业于东京大学的武田泰淳。

高桥和巳出生以前，有算命先生占得他生日这一天，他母亲应该生个女孩，假如不巧生了男孩，就需要做一个"舍子仪式"，以求这孩子将来能够平平安安。所以在他出生以后，家人便按照算命先生的指示，把他装进竹笼里，丢到了别人家的门口，而那人家也照着事先的约定把他捡回去，再穿戴一新地给送回来。送回来的孩子身上藏有一张字条，上面写着"和巳"，这两个字，代替了孩子原来的名字（高桥たか子《生れ育った家》）。这段往事，后来成为高桥和巳小说处女作《捨子物语》的灵感来源。小说写道：这个仪式，不知是否仅仅存在于日本的下层社会，大概不会如此。如果说它是从阴阳五行和谶纬之术中衍生出来的，那么，中国、朝鲜必定有过类似的各具特色的占卜习俗（高桥和巳《捨子物语》序章《神话》）。这当然不是毫无根据的推想，在他研究的六朝文学史上，就有这么一个作家，同他的经历如出一辙，便是"文章之美，与颜延之为江左第一"的谢灵运。谢灵运小的时候，家人也是忧心忡忡，担心他活不长，把他送给道士抚养，一直到十五岁。"谢客"之名，也就是这么来的（高桥和巳1956年完成的硕士论文题为《颜延之と谢灵运》）。

访问中国与学生运动

据说占卜师还跟高桥和巳的母亲交代：你儿子将来会当教师。

在创作和学问的两条道路上，高桥和巳一直走得很顺利，他认为文学活动就是创作、欣赏、批评、研究的循环过程，在这一过程中，他自己能够享受到双重的快乐：当教师可以在课堂上得到即时的现场反应，写小说则可以在出版以后传之久远（《教师失格》）。只是，这两个截然不同的角色，要让他付出多于常人多少倍的代价，谁也没有计算过。1969年，当"全共斗"的风潮席卷到京都大学，他选择站在学生的一边，与"教官"身份发生了严重冲突，压力陡然升至临界点。他的内心极度分裂，最终发表了《我的解体》，并且决定辞职。

作为教师，自然有义务同校方一起维持基本的教学秩序，可是，身为一名具有现实批判精神的作家、社会公众人物，他又忍不住要表达对学生的同情。事实上，对于大学体制，高桥和巳自己就有许多不满，他批评大学的腐败，认为大学已经成了一个"培养阶级观念"的"与世隔绝的特权世界"，他还说，所谓大学自治，其实是教授自治，并没有带来真正民主意义上的学术公开和学术批评（《大学问题について》）。

1967年4月，即将回京大赴任的高桥和巳随一个记者代表团访问中国，经香港自深圳入关，走访广州、上海、南京、天津、北京，参观工厂、学校、人民公社、桥梁工地，短短十三天，耳闻目睹，对"文革"时期的中国有了初步的印象。他为《朝日新闻》撰写的一组报道，总标题就叫《新的长城》（《新しき长城》）。

对于从前只能够在古典文学世界里触摸到的中国，高桥和巳满怀着憧憬。初春的秦淮河畔、西湖岸边，杨柳依依，印证了中国诗文留给他的关于江南的印象，甚至桥梁工地上工人头戴的柳条帽，在他笔下，也变成"天人合一"与"自力更生"的象征，而没有了如果放在日本可能会被质疑的安全问题（《文化大革命のなかの解放军·自然と人间》）。只是，普通中国人连毛泽东"天若有情天亦老"的诗歌名句典出唐代大诗人李贺都不知道，让他不免惊讶，也让他对由于意识形态的介入而造成的文学、艺术、学术上的复杂性，对政治运动中为了实现理想而不惜牺牲人的感情，有了进一步的省思（《激しいすすむ文化の夺权斗争・伝统と革新》）。北京大学、复旦大学学生批判"反动学术权威"们写的旧文学史，共同协力编写出自己的《中国文学史》，曾令海外中国学界大为震动，也让他叹服不已，以为是共产主义理念在学术领域的尝试。只是，在北京观看芭蕾舞剧《白毛女》时，拿到的节目单，不像在日本常见的那样写有导演、演员的名字，让他大惑不解。他说："文革"在精神上尚未达成的一个目标，便是要彻底消灭利己主义，可困难就在于，艺术恰好来自于"个人表现欲"，而这"个人表现欲"，又正酷似利己主义（《激しいすすむ文化の夺权斗争・芸术の问题》）。

在这初次的访问期间，高桥和巳说自己对中国文化始终保持着深挚的敬意，不管是过去的中国文化，还是当下的中国文化。但他也坦率表示，所到之处，那些朗诵毛主席语录、呼喊"毛主席万岁"的抑扬顿挫的声音，那遍地泛滥的毛泽东的塑像以及绘画，都带有极强的对于毛泽东个人的宗教崇拜的色彩，时常唤起他有关"二战"时的不愉快的回忆。曾经，他记得日本的小学生、中学生，也被要求过在元首像前列队齐声高唱，也被教导过要在空袭来临的第一时间，抱起家中佛龛上的元首肖像冲出火海（《菩萨信心から毛泽东崇拜へ》）。

我想，他是非常庆幸自己有机会到中国走一走的（参见《新しき长城·后记》），因为在此前后，他的研究兴趣已经越来越转向近代中国，他也不再打算像旧时汉学家那样，仅仅是在作为士大夫阶级观念的儒家小圈子里打转，而更想要贴近中国的现实以及普通民众的生活（《中国民众史の断面——橘朴》）。比起六朝诗赋，近代中国不仅离当下更近，也更接近现实里的中国，更重要的是，近代中国与近代日本有着千丝万缕的联系，可以时时相映照。1967年，他所发表的论中国革命史的长篇文章《暗杀の哲学》，就是从司马迁的《史记·刺客列传》一直讲述到辛亥革命，其间既穿插有对俄国近代革命的观察，也包含有对日本近代政治史的评论。

很难说中国之行受到的"文革"教育，在多大程度上影响到他对1960年代末日本学运的观感，不过，他对于那种观念上的绝对平等之追求的欣赏，是显而易见的。他期待于中国红卫兵的，是在抛弃了旧教科书之后，能够以纯粹的造反精神和谦虚态度，结合旺盛的求知欲，创造出具有更高价值的新文化来（《激しいすすむ文化の夺权斗争·红卫兵の明暗》）。同样，他期待于这场日本学运的，也主要是对于知识平等的探寻、对于人的"主体性自由"的摸索（《大学·战后民主主义·文学》，《生涯にわたる阿修罗として——高桥和巳对话集》）。在与三岛由纪夫的一次对话中，他谈到中国的辛亥革命与"五四"新文学运动的相关性，认为产生了鲁迅等一批新人的文化上的革命运动紧随在政治变革之后的现象，其实很值得注意，他说日本的学运如果能在思想上有一个大的推进，从中产生出令人期待的新的文学艺术，也是不无可能的（三岛由纪夫、高桥和巳《大なる过渡期の论理》）。他所关心的，说到底，依然是文学、艺术、学术领域的变革。但问题是，学生运动的走向并不以他的意愿为转移，在学生与教授双方的对立日益尖锐、不可调和的情况下，寄望于通过学运而使"腐败"的大学得到改善的他，不但在教授会中"孤立无援"，在学生面前，也似乎颇难维持"清官教授"的形象（高桥和巳《私の解体》)。

但是另一方面，过去的常识也告诉他，在科学的学术领域，只存在对真理的忠诚与否，不存在少数服从多数的问题，从这一点说，学术与威权主义又极为相似（《大学问题についてい》)。取消权威，便意味着放弃学术。

在理想和现实、绝对真理和日常感觉之间，高桥和巳极度彷徨、矛盾，他这一时期的著作，不是题名为"我的解体"，就是题名为"孤立的忧愁之中"、"堕落"、"向黑暗出发"。他把这种彷徨和矛盾，归结为现代人在近代社会必然遭遇到的分裂的苦恼，他说就像《论语·子路》篇所记叶公向孔子提出的有名的难题："吾党有直躬者，其父攘羊，而子证之。"由于社会分工，造成政治价值、教育价值、爱情价值、科学真理、艺术价值等种种价值，或相互对立，或相互重叠，引发我们的内心世界矛盾重重，也导致外部社会发生对抗的行为(《私の解体》)。

1969年的学运以及从夏天起开始的剧烈腹痛，让高桥和巳陷入"肉体疲劳、神经崩溃，笔不能进、书也读不下去的支离破碎的状态"(《私の解体》)。翌年春，他便辞去京都大学的教职，回到镰仓家中静养，缠绵病榻一年后去世。梅原猛曾说高桥和已的一生，特别是他的死，不能与"全共斗"（1968—1969 年学生运动期间的校内组织，"全校共同斗争会议"的简称）运动分开去看，他对这场运动"过于诚实的态度"，是他早逝的一个原因，作为近代日本文学史上少有的学者兼作家，他的名字，也许会永远留在"全共斗"的历史上（《高桥和已其人》）。

结　语

从 1990 年代遇到高桥和已，二十多年匆匆过去。这二十年里，时时翻出高桥和已的论文、随笔和小说，断断续续地阅读，每次捧起那些发黄的纸页，都好像能够离他更近一点。

他的论文，从纯粹学术的角度去衡量，大多都被后来的研究者所汲取所超越，当时的一些论述重点，今天来看，已经不那么新鲜。而他的小说、随笔，仅仅是从不曾再版这一点，也可以证明确乎"过时"，一纸风行的景象不复重现。大凡时代感强烈的作品，似乎都难免这样的结局。然而，如果要了解日本的中国学史，高桥和已是不应该被忘记的，不仅因为他曾经在京都大学这一中国研究的重镇，在中国文学专业上起过承上启下的作用，更因为他丰富的著作呈现了1950—1970年代的日本对中国的一种观看，呈现了中日双方在学术、思想上如何互为背景、互为资源。

适逢高桥和巳出生八十周年、去世四十周年，写下这些文字，来纪念这位与众不同的日本学者兼作家。

"一向倾心周作人"

一

　　松枝茂夫（1905—1995）编译的《周作人文艺随笔抄》（1940），从1923年的《镜花缘》到1936年的《希腊人的好学》，总共收入周作人历年的随笔二十七篇。篇末所附《周作人先生》，是他为这本译著撰写的"解说"。作于1939年7月的这篇文字，倘若放在目前中文的世界里，大约很是普通，不见得有多少了不起的创见，正如松枝茂夫自己说过的，论精彩，根本没办法同他在文中引述的郁达夫的那几页评论——指的是郁达夫为《中国新文学大系》散文二集所写《导言》的相关部分——相比，可是，如果要把

松枝茂夫编译《周作人文艺随笔抄》，东京富山
房 1940 年初版本

它当成那个特殊时代的一位翻译者写给他本国读者的心得来看，它的意义便会有些不同。

这是日本学者写的一篇关于周作人的介绍和评论，在这里，让我先为这四十多页的《周作人先生》做一个简单的摘要：

1885 年，周作人出生在绍兴。1901 年入读南京的江南水师学堂管轮班，在这里，发表了他的处女作《侠女奴》（1904），这是一篇翻译《天方夜谭》里的"阿里巴巴与四十强盗"的小说。二十二岁那一年到东京留学，这时的他，学过六年的英文，日语却一句不懂，要从头学起。希腊文也是从头学起。他在立教大学读的是英国文学。1909 年与鲁迅合作出版《域外小说集》，三十七篇小说里，有三十四篇是他的翻译作品。

辛亥革命之年，携日本妻子回国。1918 年，当鲁迅的《狂人日记》在《新青年》上发表，他在这份刊物上同时发表而有影响的，却是与谢野晶子《贞操论》的译文。他还把这些年翻译的外国短篇小说汇为一册《点滴》（1920，1928 年改名为《空大鼓》再版）出版。1922 年，爱罗先珂访问北京，住在八道湾的周家，爱罗先珂演讲用的是世界语，大多也要由他来翻译。而他与鲁迅、周建人合作的《现代小说译丛》（1922）也于是年出版，三十篇作品里面，有十八篇是他的译作。1923年，他的日语新作《西山小品》刊登在日本武者小路实笃主编的杂志《生长する星の群》上，在此前后，他还翻译、介绍了大量日本的歌、俗谣、俳句和现代诗，也翻译了一些古希腊诗。在他与鲁迅合作出版的《现代日本小说集》（1923）里，大部分的翻译依然由他来承担。

1925年，他出版了将各国小说、剧本、诗歌、散文等汇为一编的翻译集《陀螺》。翌年，又出版了《狂言十番》，他对日本狂言的翻译，堪称完美。1927年他出版的翻译作品，有《冥土旅行》，有科罗连珂的小说《玛加尔的梦》，还有石川啄木等人的短篇小说《两条血痕》。此后发表的除儿童作品，最重要的就是《希腊拟曲》（1934）。

1934年，自1919年短暂回到东京之后，他又一次访问日本，这一次，受到日本文坛的盛大欢迎。早在八年留学期间，东京已经变成了他心目中的第二故乡。当时，一方面是由于东京的环境，让他这个在江南水乡贫困生活中长大的人，很快就能够适应，而另一方面，则是由于作为

"灭满兴汉"的民族主义信徒，他那时觉得清朝以前或是元朝以前的一切皆好，保留着唐朝之流风余韵的日本，也恰好可以满足他这思古的幽情。而过了二十多年，中日战争一触即发，当此之际，他却接连写下好几篇怀念东京、谈论日本文化的文章，又做着二十九册"日本学丛书"的编辑计划，他自己还打算写作其中的《室町时代文学史》、《日本医学史》。

1939年元旦，他受到访客的袭击，却是意外地没有受伤。17日钱玄同去世。在东京新小川町一起听过章炳麟课的人，鲁迅和其他二人已过世，朱希祖、许寿裳去了四川、陕西，留在北京的只有他和钱玄同，现在失去了钱玄同，他该是何等寂寞。他曾说自己最喜欢的文人是陶渊明和诸葛孔明，也曾赞赏颜之推和兼好法师的思想之渊博与文字之恬淡，可是如今他的立场，大概比《颜氏家训》的作者还要难以抉择。作为陶渊明和兼好的"生活艺术"的实践者，作为诸葛孔明知其不可为而为之的精神的坚持者，周作人今后的动向，值得格外的注意。

二

松枝茂夫是1927年考进东京大学文学部支那文学科的

学生，他的老师是写作过《支那文学概论讲话》的盐谷温，也就是传说中被鲁迅抄袭过的那位大名鼎鼎的日本教授。然而盐谷温上课，据他说，也是用鲁迅的《中国小说史略》做教材的。大学一毕业，松枝茂夫就到北京留学，待了一年多，手里拿着服部宇之吉给写的介绍信，那时候不知为什么，却并没有去拜访周作人。第一次见到周作人，已经是在1934年夏天周作人来日本访问时，他参加了中国文学研究会举办的欢迎会，只是没有谈话的机会。

不过就在这第二年（1935），他开始与周作人通信，这一通，前后相续，差不多便坚持了二十余年。他曾发下宏愿，要译出周作人的全部作品，而由于翻译、出版等事宜，两人之间的通信时而相当频密，周作人有时还会在信中夹一张照片，以示自己的近况。但是，也仅止于音讯往来，实际碰面的机会似乎少而又少。真正面对面地交谈，根据他的回忆，大概只有1942年他到中国旅行那一次。在北京，他受邀去周家参加一个朋友的聚会，见到俞平伯、徐祖正、王古鲁等人，也见到周太太。而那一趟战争中的中国之旅，他的主要目的地，其实是鲁迅和周作人的故乡绍兴。

少见或是不见，当然并不成为翻译的障碍。在进入到周作人的世界以前，松枝茂夫先是协助增田涉翻译出版了鲁迅的《中国小说史略》（1935），这以后，他便全力投入翻译周作人的作品。从他当年所写《周作人先生的立场》（1935）一文可以推测，大约是此前一年亦即1934年，周作人发表他著名的《五秩自寿诗》，即"前世出家今在家，不将袍子换袈裟"云云，诗所引起的轩然大波以及数月后周作人的来访，都让他对这位中国的新文学代表作家发生了极为浓厚的兴趣。

松枝茂夫很快发现，要理解中国和中国文学，没有比阅读周作人的文章更好的途径。他对这个处在舆论和争议的漩涡里的人，不但充满好奇，而且产生了一种深刻的同情心。他说在周作人的文章里，自己始终看到的都是一个富于幽默感、彬彬有礼而又谦逊的绅士，所以，他颇不赞成有些人对周作人的由"浮躁凌厉"到"思想消沉"的评价。他也更愿意相信周作人所说对自己"最有影响的是英国蔼理斯"的自述，认为在周作人身上，的确有一个叛徒与一个隐士同居，而不同意来自年轻的左翼朋友的"漫骂酷评"。他说辛亥、五四、五卅这三个阶段，是周作人叛徒精神发挥的顶点，在这三个顶点之间的峡谷，则是他作为隐士沉潜的时期。他还主张在今天这个时代，既要能够欣赏鲁迅式的正面肉搏再肉搏、于血泪中求光明的态度，也要能够欣赏周作人式的至深至博，欣赏他以澄净的目光看待一切的隐士风格。

1936年，松枝茂夫发表了他的第一篇译作《雨天的书》，这也是他在大学时代最早接触到的周作人的文字。与鲁迅相比，他以为周作人的文章更容易读、更明白。而从此以后，周作人作品的翻译，一直到二战结束，基本上都是由他一力承担。从《雨天的书》起，经他之手翻译出版的就有《北京的果子》（1936）、《周作人随笔集》（1938）、《中国新文学之源流》（1939）、《周作人文艺随笔抄》（1940）、《瓜豆集》（1940）、《结缘豆》（1944）等等。1945年3月，《中国文学》93号上发表的《自己所能做的》，大概是他这一生中翻译的周作人的最后一篇。

通过大量的阅读和翻译，在松枝茂夫的心里，自然也积累、勾勒出一个属于他自己的周作人的形象。1939年，当他写下这篇附于富山房百科文库本之末的"解说"时，尽管他也相当谦虚地表示说，这只是"极为表面的叙述，未能触及他的思想、文章的核心"，然而时隔六十年，今天读来，依然会带给人颇不一样的感受。也许因为他自己做着翻译的工作，格外懂得翻译的甘苦与价值，所以，他对周作人的外语能力就似乎比较敏感，而对周作人在翻译方面的成绩，也比一般人要重视得多。在《周作人先生》中，他写道：对周作人来讲，翻译的重要性，可是比他的创作一点都不差的。他选择翻译的文章，往往代表了他自己的思想和趣味，他的译作，也时常与他自己写的文章混编在一起。在 1939 年，松枝茂夫眼里的周作人，当然就不仅仅是中国最重要的新文学家，还是极其高产的翻译家。

此后大约十多年，他们不再联系，直到 1954 年，两人才恢复通信。周作人去世后，松枝茂夫写诗哀悼他："一千一百五十日，执笔读书绝烦恼。落落何忧囚粥薄，死生早已付等闲。"第一句"一千一百五十日"，指的是周作人战后被关押的那一段时间。而从这首诗来看，虽然经历过战争的风风雨雨，但铭记在他心里的，倒好像依然是那个集叛徒和隐士于一身的周作人。他还写过"半生潦倒红楼梦，一向倾心周作人"的对句，句中表达了对于周作人的从未移易的钦慕，同时也是对他自己结缘于中国文学的一生的最后总结。

三

今年（2012）的初夏时节，我从东京返回京都的那一天，不巧遇上台风。大雨倾盆，无处可去，只得猫在附近的京都大学生协书店，看书、选书。有旧书店在这儿联展，摊上正好摆放着松枝茂夫编译的《周作人文艺随笔抄》，是昭和十五年（1940）富山房的百科文库本（110）。看书的价钱不低，纸张脆黄，有封面一侧脱落，但被玻璃纸小心翼翼地衬托着。我犹豫了一下，最终决定还是把它买下来。当时脑子里闪过一个不确定的记忆，大概在哪儿看过有人说1996年新版的《周作人随笔》里，不知什么缘故，拿掉了译者的"解说"。那么这一旧本，多少就有了一点保留历史遗迹的价值。

我并没有收藏的习惯，买下这本书，实际上也不光是为了这一篇"解说"。从前有段时间，我花过一点精力阅读《中国新文学的源流》（1932），顺带着读了一些周作人的其他作品，还有若干相关的研究和评论。当时得到一个粗浅的印象，就是要想认真地了解这个人，如果绕开他的种种译作，如果不去关心他的"外国观"究竟如何，恐怕是始终免不了雾里看花，正如俗话所说"人心隔肚皮"。我当然也很清楚，这是一件不容易的事情，浩大的工作量，绝非我有能力去做，也不是哪个人能够一时完成。只不过因缘巧合，在大雨滂沱的那一个静静的午后，匆匆浏览过松枝茂夫的这篇《周作人先生》，过去的一些粗浅的印象，居然一瞬间明晰起来。虽然无以判断松枝茂夫是否有意，但他那些有关周作人学习外语、翻译外国文学的逐年记叙，每一句都不再是闲笔，联缀起来，大可构成周作人知识世界和精神世界的另外一半。而更为重要的是，1940年出版的这一译本，它所承载的周作人与日本交往、互动的信息，点点滴滴，对于还原这位"知日派"在彼时彼地的处境和思想，想来都是有益。

前些年，日本的小川利康把他收集到的松枝茂夫与周作人的通信，从1936年到1964年共计一百多封，分别发表在日、中两国的杂志上，其中有好几封信都谈到这本《周作人文艺随笔抄》。1938年12月23日，周作人在写给松枝茂夫的信中称赞他所选篇目的精当，说："承示目录极佳，此盖谓选择之眼光甚正，至于各文之少内容则又是别一事耳。"而从两人的通信中又可以知道,松枝茂夫编译周作人文集,选什么不选什么,大体上都要经周作人过目,也或者是需要作者的授权。1940年元旦,松枝茂夫写信给周作人,向他解释去年7月底已校对完毕然而迟迟见不到书的原因,他说出版社方面告诉他,由于电力管制导致纸张紧缺,出版社现在有非常大的压力。5月25日,松枝茂夫写信报告说从翻译完毕到今天,已经过了一年零几个月,书终于要出版。在7月13日的信中他又报告说,书是已经出了,可是由于缺乏艺术纸,原来拟定置于卷首的照片,也没能给印上。三天后,他再写信报告,有样书一部寄出。7月29日,周作人回函写道:"惠赠尊译拙作随笔抄一册领收。""拙文本无足取,又想目下唱声虽高,社会上对于现代支那之思想文艺实乃无甚兴味,或购读者不见多,有负高译。至于出版者之利损尚在其次耳。"

　　"出版社之利损",自然不在作者的顾虑范围之内。不过作为译者,也不得不同出版社去打交道,松枝茂夫的感受因而就有些复杂。他后来回忆:周作人在版税问题上,同鲁迅差不多,也是一点不含糊的。1942年,他的《药味集》由中日合资的新民印书馆出版,新民印书馆的老板安藤更生就说，他要拿25%的版税，可是一般的日本人当时才拿10%，大家也都肯体谅出版社。我手里的这本《周作人文艺随笔抄》，定价是七十钱，不知周作人能在其中分利多少？

　　台风过后，回到上海。也是碰巧，居然很快看到两卷本的《松枝茂夫文集》。在第二卷里，收有这篇题为"周作人先生"的"解说"，但标题改为"周作人——传记式素描"。

我观"异域之眼"

　　兴膳宏，对于中国从事古典研究尤其是古典文学研究的人来说，这个名字并不陌生，此前他已有两部中文本的著作在国内出版，分别是彭恩华编译的《兴膳宏〈文心雕龙〉论文集》（齐鲁书社，1984年）和《六朝文学论稿》（岳麓书社，1986年）。1965年亦即"文革"前夕，他就来过中国，1972年中日邦交恢复后，他来中国参加学术会议或者讲演的次数更多。我读兴膳先生的论著虽然不晚，但第一次见面，距今不过十年刚出点头，"颂其诗，读其书，不知其人可乎"，知其人再读其书，感受也确乎不同。这一次，承蒙兴膳宏教授慨允，准许我从他发表过的日文论著中选出一部分来译成中文出版，选和译的过程，使我对他

兴膳宏（右）与笔者在日本东方学会办公楼前合影

的研究有了更加细致的了解。

　　翻译诚非易事，然而依我自己的经验，选文尤难。以我的资历和学历，原来都不能胜任选的工作，但兴膳先生全权授命于我，我也不得不服从，因此，这里首先需要申明的一点，就是由我选出的这些论文，也许既不能反映出公众眼里的作者的学术成就，更不能代表作者自己的意见，它们是根据我个人对兴膳先生研究的印象并且从我个人的兴趣出发选出来的。兴膳先生说他对中国，始终是用一双"异域"之人的眼睛在看，就好比空海初到长安，对那样一个社会、那样一种文化之种种无不怀有好奇的目光（《云流长安空——代后记》（《雲は流れて長安の空——あとがきに代えて》，载氏著《異域の眼》）。借过他的"异域之眼"的说法，这里的选文，也只能代表一双异域的眼睛对日本的一位中国学家所做的一点观察。

　　容我先花些笔墨，交代一下我对兴膳宏先生研究的观察。为了叙说上的方便，我把它们归纳为以下三个方面：第一是文献学的基础，第二是跨学科的视野，第三是日本汉学的传统。

一

京都大学是一个有着文献学传统的地方，这种传统主要落脚在由狩野直喜开创的文学部的中国语学文学专业，而京大的文献学，仍以乾嘉学术为基础。1957年，兴膳宏考入京都大学的时候，这个专业的讲座教授是吉川幸次郎和小川环树。学问渊博的吉川幸次郎，在兴膳宏看来，是狩野直喜细腻学风的最忠实的继承者。这种细腻学风的形成，一方面是对日本江户汉学的改造，一方面也是对中国明代学术的反拨。据说狩野直喜曾经教导吉川幸次郎，研究中国文学，一定要仔细读书，只此一法，别无他途。细读的意思，即是要先认字，再讲义理（参见兴膳宏撰《吉川幸次郎》，收入砺波护等编《京大东洋学の百年》）。众所周知，吉川幸次郎是个胸襟阔大的学者，他的学问也决不拘守于一隅，但他为学的根基却在《尚书正义》的翻译，就连元杂剧这样的俗文学，他也是用了汉人注经的办法去研究，而到晚年，他更是继承先师铃木虎雄的事业，完成了多卷本的《杜甫诗注》（按：《杜甫诗注》原计划出版二十卷，但随着吉川幸次郎的逝世，才出版了五卷，计划就被迫中断）。小川环树也是在文学和语言学两方面都有建树的学者，他的名著如《风和云》带有浓厚的艺术气质，可是据说他长年开的课程里面，却有一门"《说文解字》注"。他还是在白话小说的研究中最早引入佛教、朝鲜资料的，退休以后，他也同前辈铃木虎雄、吉川幸次郎一样，选择了苏轼的诗去做译注，已经出版的就有四大册。

1961年，兴膳宏大学毕业，旋即进入大学院继续攻读，正当博士课程将要结束之际，在吉川幸次郎的推荐下，他开始翻译和注释《文心雕龙》，历时三年多完成。为《文心雕龙》做翻译注释，其难自可想见，翻译且不去说它，光是注释的部分，即使此前已有目加田诚、范文澜、陆侃如等人的译注可以为参考，但要面对人称博学、深思的刘勰，只是做到"尽可能详细地列举出刘勰所依据的古典论著"这一条，就已殊为不易！兴膳宏的这部注译之作，加上所附历代主要作家列传、年表和索引等，密密麻麻的小字排下来，竟有将近300页之多，作者早年便有的用功习惯及其为学的路径和基础，由此也可见出一斑。

在译注《文心雕龙》之前，兴膳宏已经写过有关嵇康、郭璞、左思等六朝诗人的论文，但是似乎也就从这个时候开始，他逐渐转向了以文学文献为中心的研究。《文心雕龙》之外，他这时还随吉川幸次郎、小川环树参加了高木正一主持的《诗品》的研究班，这也成为他后来译注《诗品》的一个契机。再往后，他又译注了与《诗品》有关的庾肩吾的《书品》以及相关画论。这种以基本典籍为中心、由文字训诂入手的研究方式，与兴膳宏越到后来越表现明朗的那种堂堂正正的大家学风，恐怕很有关系。我想，正是借助于长期的对经典著作的精细解读、对基本资料的详加排比，才使他日后能写出《〈文心雕龙〉与〈出三藏记集〉》那样别开生面而又尽显功力的论文，使他在讨论《诗品》与皎然的《诗式》以及宋以后诗话的关系时，始终持一种平实自然的观点，也才使他在论述《金楼子》、《翰林学士集》的编撰特征时，能够充分利用有关六朝以至唐初书籍编定方面的知识，得出相当中肯的结论。

　　在兴膳宏翻译注释过的书单上，还有如《春秋左氏传选译》、《文选选》，等等，而在 1980 年代初，他再度以长达四年的时间翻译注释了《文镜秘府论》。对于作者空海，这位曾在 9 世纪初的长安热心追随当时流行的种种文学理论、最终为后人保存了许多六朝隋唐的珍贵史料的日本僧人，兴膳宏似乎还怀有一份特别的敬意与亲近感，他结合空海的《文笔眼心抄》、《三教指归》等其他著作而对《文镜秘府论》作的研究，比如考订《定位篇》的错简，对于切实了解《文镜秘府论》的编纂情况，有着很高的价值。

兴膳宏称自己是"以中国传统文献为基础的文学研究者"（《关于空海〈文镜秘府论〉》，载《异域之眼》），他在这方面的最重要的著作，应当是始于1974年、完成于1994年的他与川合康三合作的《隋书经籍志详考》。葛兆光在专门的书评中曾经指出过"它对《隋志》典籍流传的研究，有助于对隋唐之间的学术在唐代以后的遗存与流失的考证"，并且称赞它为《隋志》"总序"和"类序"所做注释的精彩：

　　例如佛、道两篇小序，几乎就是两篇佛教与道教的简史，注释虽然不是在作专业考证，但是依然很详细地引征了大量的专业文献来解释那些十分艰涩的词语和概念，例如佛经序的第二段，汉字不过三百，但注释却合中文约三千字，其中引用了《太子瑞应本起经》、《维摩诘经》、《魏书释老志》、《灭惑论》、《西京赋》、《一切经音义》、《大智度论》、《分别功德论》、《后汉书》、《奉法要》、《法华经》、《大般涅槃经》、《佛国记》、《无量寿经》、《肇论》、《大悲经》、《续高僧传》、《对傅奕废佛法事》等佛教内或佛教外论著，这并不是炫博，而是比较准确地反映《隋志》作者以及他所代表的那些文化人对佛教知识的理解和把握。

而兴膳宏为全书撰写的长篇"解说"，也反映出他对《隋志》的编纂、内容及其影响的把握，反映出他对与此相关的中国书籍变迁的历史与古典目录学史的熟悉。

1998 年，我有幸参加过兴膳宏主持的"六朝诗人传"研究班的活动，除川合康三、釜谷武志两位教授外，研究班的成员大多是三十岁上下的年轻人，自 1997 至 1999 年，他们每月一次从四面八方赶到京都参加讨论，用了大约三年半的时间，最终完成了六朝时代共计七十九位诗人传记的编撰，配合早先出版的小川环树编《唐代の诗人——その传记》（大修馆书店，1975 年），以《六朝诗人传》（大修馆书店，2000 年）为名出版。七十九名诗人的传记本文，全部取自正史，不过传记之前有叙说诗人生平、著述的简明提要，传记之后是日语的翻译和注释，其后尚列出参考书目，全书之末，另附"六朝官职名"、"六朝诗人关系年表"。这个体例，据说还是小川环树当年定下的，我想它的好处，从读者的角度看，是这部传记同时兼有资料之用，而对参与编撰的年轻学者（生）来说，这自然是一次很不错的文献练习的机会。

二

1970年，福永光司在京都大学人文科学研究所组织了一个"隋唐思想与社会"的研究班，主要研究以道教、佛教为重点的中国中世的宗教思想。这个班集合了川胜义雄、砺波护、荒井健、吉川忠夫、荒牧典俊、小南一郎、三浦国雄、爱宕元等我们现在非常熟悉的日本中国学界的知名文史学家，兴膳宏也在其中，他的《〈文心雕龙〉与〈出三藏记集〉》的论文，就是这个研究班的成果之一。多年以后，兴膳宏在忆及当年的这个研究计划时还说，福永光司的宗旨，在于倡导一种纯粹学术的、实证的方法，就是从基本典籍的文字解读入手，同时将宗教学理的分析，纳入到一般思想史抑或社会史、文化史的解释中去。而在此之前，还很少有人能像这样把宗教思想的研究，放在一个"综合性的视野之下"（兴膳宏撰《福永光司〈魏晋思想史研究〉解说》，岩波书店，2005 年）。

承接福永光司的思路，1986 年，吉川忠夫在京大人文研也主持了一个"六朝道教的研究"计划，以陶弘景《真诰》的译注为工作重点，研究班的成员每隔一个礼拜聚会一次（参见吉川忠夫编《中国古道教史研究·序》，京都同朋舍，1992 年）。十年过后，这个研究班的成果之一《〈真诰〉译注》，终于从《东方学报》第六十八册起连续刊出，而与此相关的研究，也先后结为《中国古道教史研究》、《六朝道教的研究》的论文集出版。兴膳宏一直是这个班的成员，他在此期间写下的《初唐的诗人与宗教——以卢照邻为例》、《书写历史中的陶弘景与〈真诰〉》的论文，就分别收入以上两部论集。前者借卢照邻的作品探讨他的宗教思想，对卢照邻精神世界里的佛教、道教因素加上庄子哲学的影响，作了细密的分析。后者则是根据《真诰》所据原始资料的抄手、字体、纸质、书写等状况的记录，得出陶弘景为编纂《真诰》而收集杨羲和许氏父子的墨宝，既是出于对宗教的热情，也是出于对书法的热爱的结论，这不但有助于理解《真诰》一书的编纂，也为解释六朝时代道教与书法的关系，提供了不少线索。

兴膳宏在六朝文学特别是六朝至唐宋的文学理论方面的成就，早已广为人知，迄今他在日本出版的两部论集《中国文学的理论》和《生于乱世的诗人》，所收论文几乎也都不出传统的文学研究的范围，这大概也颇能说明他在日本中国学界给自己的专业定位。不过，我却总是觉得他兼跨宗教与文学两个领域的这些论文，对于六朝以至唐宋文学和文学理论的研究，更有拓宽其境的作用，同时我也深信他这种善于沟通不同学科的方法，可以为后学的良好示范，因为正是在这些论文中，透露出一种变化的端倪。

"为文章者，有所法而后能，有所变而后大。"（姚鼐《刘海峰先生八十寿序》）当学术上成熟到了有所定型之后还能努力"变法"，一方面，这或许得益于福永光司、吉川忠夫先后组织的上述两项共同研究计划。在持续数十年的与各个不同学科学者的对话交流当中，用兴膳宏自己的话说，首先是让他补足了关于佛教、道教及其相关文献的知识，这使他原来已经敏锐感知到的诸如作为梵语学者的谢灵运的问题，总算得到一些答案，也使他能够用上类似于

《广弘明集》这样的佛教史料，来做《玉台新咏》编纂年代的考证。当然，在他为岩波讲座《东洋思想·中国宗教思想》卷写的《我与物》、《言与默》等文字里面，更是包含有他超乎文学史专业之上的兴趣和关怀。

而在另一方面，我想这与他一贯坚持的以文献为本的研究方式也不无关联。正如他在福永光司的研究班里感受到的，基于文献的研究，需要综合性的视野，而反过来看，在现代学科各自树立门户、壁垒森严的情况下，也只有从基本典籍出发，才有可能真正忘却或者说跨越彼此之间的鸿沟、界限。所以，早在兴膳宏写作他的硕士论文《作为诗人的郭璞》的时候，由于依据的是《晋书·郭璞传》与郭璞的作品等基本史料，因而已经表现出一种能将文学史的研究同思想史、宗教史结合在一起的趋向，他笔下的郭璞，既是为人熟知的诗人兼训诂学家，也是一位精通数术的方士。同样，早在他研究过钟嵘的《诗品》，再为庾肩吾的《书品》做译注的时候，就体会到一条在他看来是很珍贵的经验，那就是一定要注意文学和其他领域的联系。

我初到京都的那一年，兴膳宏已经搬家到了宇治，每天坐电车往来于家和学校之间的两三小时，他说都用来看法文报纸。熟悉他的人都知道，他对法国怀有一种特殊的感情，这倒不只因为法国与京都的中国学界一向往来频密，也不只因为他刚进大学时，兴趣还全在法国文学上。1980年代以后，兴膳宏多次访问巴黎，据说他先是去听了桀溺（DIÉNY, Jean—Pierre）讲龙的课和讲《日知录》的课，听了苏远鸣（SOYMIÉ, Michel）的敦煌图像学、施舟人的天师道研究，后来则是他自己去讲中国的文学理论。他对法国的中国学有着很深的感受，在1980年代初的法国，他注意到道教研究和敦煌学十分活跃，回国后，于是翻译发表了苏远鸣的《いくつかの敦煌文献にもとづく後期道教の諸相》（《中国文学报》第四十册）。1999年，他又将马如丹（François Martin）的一篇介绍法国研究中国文学近况的文章翻译成日文（《近十年のフランスにおける中国文学研究の発展》，载《中国文学报》第五十七、五十八册）。他说，从马如丹的介绍中，可见法国近年来仍有不少新的研究成果值得关注，可惜眼下的日本学界对法国及其他非汉语圈的中国学都不大关心，法国的中国学家和日本的中国学家之间的距离也越来越远，这一状况，令人担忧。他引述青木正儿在1937年所写《支那文学研究的邦人立场》中的话：研究某一国的文学，外国人总不免比本国人多一点自卑心理，要想得到优越感，势必要采取新的方法或者开拓新的领域。他又进而强调，青木正儿的看法至今仍是日本中国学能够让中国学界刮目相看的一个法宝（《日本シノロジ—の位置》，载氏著《古典中国からの眺め》）。

要想在与欧美尤其是与中国的竞争中脱颖而出，便离不开向欧美等先进国家的拜师学艺，这是日本近代以来社会相当普遍的认识，而了解学术史的人恐怕也都知道，日本近代中国学的一些新领域的开拓、新方法的运用，的确也同欧美的一些学术潮流有关。像兴膳宏这样敏感、有责任感的学者，因此往往都会十分有意识地一边自己摸索，一边关注国外学界的脉动，随风起舞。他在学术上的于不变中求变、于旧途径中开出新路，反映出来的正是这一点，他对日本中国学未来的忧虑，大概也源于这一点。

三

1982 年，兴膳宏拿到文部省的经费首次前往巴黎。一个中国学的学者，为什么不到中国而去法国？他这样答道：生活在历史上长期受着中国文化影响的国家，日本人研究中国，有时很难摆脱中国的影子，但如果换从与中国、日本全然无关的法国或欧洲的角度，回过头来看中国和日本，也许能够轻松地将中国当成一个真正的"他者"（《フランス・シノロジ—体验记》，载《异域の眼》）。这个回答，同他欣赏空海的"异域之眼"的理由一样，都是强调研究中国的文学与文化，也应该有日本自己的立场、问题和方法。大概基于同一个道理，他也特别看重以于连（François Jullien）为代表的法国汉学的新潮流，称赞于连的《无味礼赞》虽以论述中国的哲学、美学为务，可"最终的关怀，却是落实在于他更为切近的欧洲精神世界的问题上"（《无味への招待——译者のあとがき》，载兴膳宏、小关武史译《无味礼赞》，平凡社，1997 年）。

吉川幸次郎在一次谈到自己这一代人之所以喜欢唐诗、与年轻一代对六朝诗的爱好有所不同时说道：唐人爱的是感情在一瞬间的燃烧或凝结，六朝人爱的却是一种绵绵不绝的感觉。当我们年轻的时候，"刚好遇到文学的情感见火就燃的时代，也就是上田敏的《海潮音》、佐藤春夫的《殉情诗集》的时代"（《燃烧と持续——六朝诗と唐诗》）。兴膳宏恰是吉川幸次郎提到的年轻一辈，在上个世纪 50、60

年代的日本，他选择研究六朝文学，是否确如吉川幸次郎所说，爱的是六朝诗中的"川流与优游其中的鱼儿、一望无边的原野与翱翔其上的飞鸟"？抑或是六朝诗人生活在短暂和平社会的身世以及埋藏在他们作品中的对于美的异乎寻常的渴求，牵动了他的神经？

中国文学在日本有着相当长的传播和阅读的历史，就像我们耳熟能详的，日本不但保存有中国失散已久的许多文献，有为数众多的中国古典的和刻本，同时也形成了自己独特的中国文学史观。在我的印象中，兴膳宏是非常善于运用日本汉学的这些传统资源的，这使他的中国文学研究也或带有能让我们耳目一新的异国情味，不过更重要的，还是有着足够扎实的与之相配合的资料。比如从他对空海的一系列研究当中，就可以看到他对六朝至于唐代文献流传日本并且影响日本汉文学的情形，实可谓了如指掌，这使他能够有效地借助另外一种环境背景来读解中国的古典文学，却又并不诠释过度。又如他在讨论中国古典诗论有关秀句的问题时，也是结合了日本历来刊印的各种秀句集，像大江维时所编收有唐人七言诗中秀句的《千载佳句》，藤原公任所编收有中国诗文及日本汉诗与和歌中佳句的《和汉朗咏集》，以至于江户时代编纂的这类书籍，以秀句所反映中日两国文学的异同为出发点，来反观这种突出"一篇之警策"的诗歌批评方式。

近年来，兴膳宏还就森鸥外、夏目漱石等近代作家发表了一些随笔式的文章，似乎有意涉足日本近代文学中的汉文学。当然，从学术史的脉络上看，能够给他以最直接影响的恐怕也正是近代以来的日本中国学。就以六朝文学来说，尽管它有过从奈良、平安时期就传入日本的悠长历史，可是自江户时代宋学成为主流以后，它的地位也曾不复如前。而论及近代的六朝文学研究史的发端，至少在京都大学，大约还要等到狩野直喜在文学部首开六朝文学课的 20 世纪初叶。据说当时像内藤湖南、铃木虎雄等人都是重《文选》甚于唐宋八大家的，他们同中国清末的王闿运和民初的刘师培、黄节等遥相呼应，慢慢地重新发掘了六朝的价值。对于六朝文学在京都大学的这一段复兴历史，兴膳宏显然有着很强的自豪感和认同感，这也表现在他对自己前辈的学术观念及论点，总是不遗余力地张扬、发挥。像他在《从〈诗品〉到诗话》的论文中，特别提及《诗品》本该为附在选集中、作为选集之一部分内容的话题，似乎就是承继青木正儿的以下看法而来：

> 由其中品序曰"嵘今所录止乎五言，虽然，网罗古今词人殆集"、沈约条曰"约所著既多，今剪除淫杂，收其精要"的口吻来看，钟嵘原来是编有总集的，此书当即它的附录。这与《流别集》、《翰林论》的情况相同（《支那文学概说》第六章《评论学》，载《青木正儿全集》第一卷，春秋社）。

而从某种意义上说，在1950年代以后的数十年里，当中国学界对六朝文学除陶渊明之外的评价，整体上处在低迷状态的时候，兴膳宏具有针对性地写下有关谢朓、沈约、庾信和高允的一系列研究论文，也可以说是他对自己所置身学术传统的一种坚持。他称赞其中的沈约总能先人一步触摸到文学发展的脉搏，因此在文学的时代潮流中扮演着领导者的角色，并以明治时代风靡一时的日本小说家尾崎红叶为例，说明对沈约也好，尾崎红叶也好，都不能用后人之见来替代他们在自己生活的时代得到的地位和评价（《艳诗の形成と沈约》）。这一见解，今天看来已是老生常谈，可在当日，尤其与当日的中国学界相比较，毕竟独树一帜。

在日本的中国文学研究领域，兴膳宏说，有人从"中国"进入，也有人从"文学"进入，"说到底，我是'文学'派"（《求める心——〈京都大学文学部专修案内〉》）。文学并没有国界，中国的，也就是日本的。对他而言，国家不是问题，语言不是问题，专业也构不成障碍。这或许还能用来说明从大学退休以后，他为什么会转而就任京都国立博物馆的馆长，那是一个收藏有很多日本的珍贵艺术品的宝库。

同兴膳宏先生最后一次见面，到今天也有好几年了。一面回味着那些同他在一起的时光带给我的温暖感受，一面从他送给我的论著中选出十八篇来翻译在此，翻译的过程，因此充满了问学的也兼读人的愉悦。让我感到愉悦的，应该说还有一个原因，那就是兴膳宏先生的论文其实也可以当美文来读。

说他的论文如同美文，倒不光是说他的确善于布置文章结构，文字清通，还由于他总能在其中注入一份想象力，使得纯粹的学术论文一点都不枯燥，藻思绮合，摇曳生姿。兴膳宏先生常说，资料的精准，当然是必不可少的条件，可是要走近原来生动的历史，恐怕只有发挥自己的想象力。在解释《六朝诗人传》为什么要选择正史的内容作为传记主体时，他也这样说过：六朝正史如《晋书》、《南史》等等，都不免染上志怪的色彩，它们的记载，与现代实证史学的要求往往格格不入，但是要想懂得六朝诗人的文学，首先要做的，就是将他们的人生再搬回到他们原来生活过的时空：

> 史书并不能完全展现历史的一切真相，远离历史舞台的后世读者，只好用想象力来弥补现存史料中的缝隙，重新组建历史的原貌。这是艰难的，但也正是读史的乐趣（《六朝の詩人とその伝記》）。

我想，这既可反映他对自己的研究和写作的某种期许，也可说明他在 1980、1990 年代主持翻译的书籍，为什么恰好是与他的治学方式、与京都学派的风格看起来并不那么一致的李泽厚的《中国传统美学》、于连的《无味礼赞》。

如前所述，兴膳宏先生的著作在 1980 年代就有了两部中文译本，此后他的许多论文也陆续被译成中文，刊登在

海北友松《饮中八仙图》局部（1602 年，京都国立博物馆）

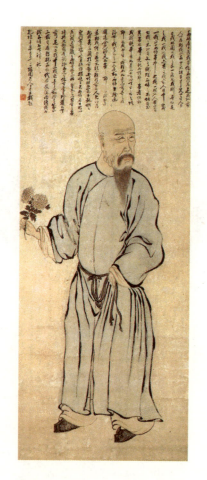

罗聘《袁枚像》（18 世纪，京都国立博物馆）

木下逸云《桃花源图》（1864 年，
长崎历史文化博物馆）

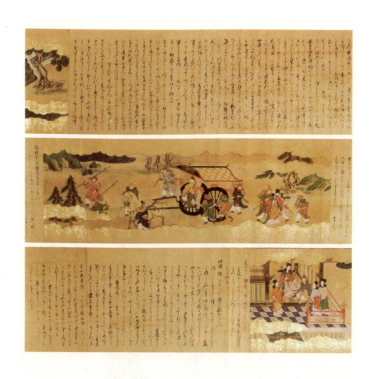

奈良绘卷《长恨歌》（宽文－延宝年间）

大陆和台湾的各种中文期刊，在我翻译这部论文集时，他的一部随笔集《中国古典文化景致》也在中华书局出版。本集的绝大多数论文，都不见于以上三种中文本。重复的三篇，《潘岳年谱稿》和《庾信的题画诗》原来都已收入彭恩华编译的《六朝文学论稿》，而《中国人的幸福观》这一篇，它的中文译本原已收入新出版的《中国古典文化景致》，但在一个偶然的情况下，我发现译文与日语原文之间的误差尚有不少，于是顺手把它翻译出来，放在这里，也有商略的意思。

翻译的工作，完全由于我的缘故，断断续续拖了四五年，而起意并得到作者的授权，屈指算来，距今（2006年）更是长达七八年。让我最感歉疚同时也深受感动的，是在这期间，不止一次地有另外的国内学者向兴膳宏先生提出翻译出版他的论著的计划，可先生都以与我有言在先作为答复，因此在这里，我首先要感谢的就是兴膳宏先生，没有他的宽容与信任，根本谈不到这一次的翻译出版计划，没有他那么认真、耐心地一篇篇核订译文，就算到了"杀青"之日，我也还会心存忐忑。其次，也要感谢复旦大学出版社的社长贺圣遂，圣遂先生以学者之身从事出版，他在学术方面的见识和投入，也是我一向佩服的，书稿交到他手里，可以省却一半心思。

　　书名直接选用了兴膳宏先生在日本出版的一部随笔集的名字，这比我能够想到的任何书名都合适。

千年万里两薪传

——评"北京大学20世纪国际中国学研究文库"三种

内藤湖南、津田左右吉、吉川幸次郎是日本近代以来中国学界的重量级人物，其中内藤湖南、吉川幸次郎在中国的文史学研究界，都已经相当的为人熟悉，他们的论著，也有不少被翻译出版。津田左右吉名字的出现频率或许不像他们那么高，可在从事宗教史、思想史研究的学者当中，也一样并不陌生。

尽管三位中国学家的论著及观点不时被人提起，比如内藤湖南关于唐宋分期的历史理论，比如吉川幸次郎的杜甫研究，但是在中国，对中国学家本人的比较完整的介绍好像还不多见。近二十年来，记忆中似乎只有严绍璗的

《日本中国学史（第一卷）》（江西人民出版社，1991年）、李庆的《日本汉学史（一）（二）》（上海外语教育出版社，2002、2004年）对内藤湖南、津田左右吉分别作过专节论述。中华书局2004年出版的"北京大学20世纪国际中国学研究文库"三种——钱婉约的《内藤湖南研究》、张哲俊的《吉川幸次郎研究》、刘萍的《津田左右吉研究》，则是这方面的最新作品。

　　三本书，研究的对象本不相同，可是三位作者的背景却很接近，这在严绍璗先生为三本书分别撰写的《序言》中能够看得出来，因此翻阅它们，首先让我联想到的，是最初开设在北京大学中文系古典文献专业的那门介绍日本有关中国学研究状况的课程。二十多年前，这门课即由严绍璗先生主讲，印象中当时讲授的课程，后来大多变成了《日本中国学史（第一卷）》以及严先生的另一著作《汉籍在日本的流布研究》（江苏古籍出版社，1991年）中的内容。在以文字音韵训诂、版本目录校勘为教学基础的古典文献专业，尽管这门课当年算不上最最重要，作为专业训练的一部分，却影响到日后不少人在学术上的偏向和选择。《内藤湖南研究》等三书的作者，我想，他们或也曾像我当年那样听过这门课，因而似乎受到它的影响很深。

当然，海外中国学在今天已成大热门，早年附属于中国古典文献研究的日本中国学，也进入到比较文学和比较文化的学科领域，获得了更宽阔的学术发展空间。不过，在《内藤湖南研究》等三部新作中，或深或浅地都还留有"古典文献"的痕迹，这使它们的作者在一些基本观念和研究思路上看起来非常一致，同时也都显示出受到过专门的学术训练的特点。

比如说，他们大多坚守在古典的领域，关心的重点，主要是几位中国学家有关中国古典的研究。举例来说，像张哲俊的《吉川幸次郎研究》，在《绪论》部分曾经总结吉川幸次郎的学术成就主要为五个方面：中国古典文学、经学、中国典籍的注译、中国历史文化及学术史、中国现代文学。但在随后的章节里边，真正涉及到的好像只有吉川幸次郎在中国古典文学研究上的成就，至于现代文学，似乎就着墨不多。又像钱婉约的《内藤湖南研究》，从全书八章就有三章是在讨论内藤湖南的"宋代近世说"、"文化中心移动说"以及他的清史研究这样一个内容分配来看，也可知它的重心确是在中国史上，而关于这一点，假如拿出三田村泰助的《内藤湖南》、J．A．佛格尔的《内藤湖南——政治学与中国学》等来稍作比照，便会看得更加明白。

又比如说，他们的研究，程度不同地带有一点文献学的底色。好比钱婉约在《内藤湖南研究》的《导论》里概述日本汉学发展的历史，就不知有意还是无意地定义日本汉学是"以中国典籍的东传为物质基础"的（第1页），这样的汉学史，自然也是以文献研究为核心的汉学史。而刘萍在《津田左右吉研究》第五章阐述津田左右吉对中国道家文化的看法的时候，也是追根溯源地由《易经》等文献传入日本的6世纪谈起的，在接下来的第六章，阐述津田左右吉有关《论语》及孔子的研究，更是不但从《论语》一书的传入日本入手，还附带介绍了流传在日本的《论语》古写本与和刻本的情况。

对日本中国学家的中国古典研究的关注，尤其是对他们的一些重要的相关论著的细致阅读，不仅令这三本新书如严绍璗先生所言，由于是建立在坚实的文本基础之上，因而在关系到民族、国家等敏感问题的辨析上面，也能免作"空洞浮泛"、"诘屈聱牙"的所谓理论家式的宣讲（《津田左右吉研究·序言》，2页；《内藤湖南研究·序言》，4页），同时令它们往往本着比较纯粹的学术立场，能将中国学家在中国学的一些具体学术问题上的研究（包括研究观念、方法和结论等等），放到真正学术史的脉络里边，作出堪称"内行"的描述和评价。从内藤湖南与夏曾佑的交往以及对夏曾佑的尊崇，推测他在中国史分期问题上的观点，可能跟夏曾佑的《中国历史教科书》有关（《内藤湖南研究》，88页），又或者指出吉川幸次郎1940年代对元代杂剧作者的考证，补正了王国维《宋元戏曲史》以来一般学界对元杂剧作者身份估价的不足（《吉川幸次郎研究》，266—290页），类似这样的分析和结论，我想，都是要靠作者对这些中国学家的研究论著了如指掌、要靠他们在相关的专业领域内有了一定的知识积累之后，才能得出的。

研究海外中国学，说难也难，说容易也容易。容易的是，在国内目前仍然缺乏足够的海外中国学资讯的情况下，即使"述而不作"，也就是简单的转述介绍，对于读者大众来说，都能变成有价值的信息。而它的困难则在于，如果没有大量的阅读和交流，尤其缺少必要的对中国学专业本身的认知，缺少对海外中国学历史和现状的了解，纵然

"述而不作"，却也可能因为误读或"少见多怪"，结果郢书燕说。最近，恰好读到严绍璗先生的新作《日本藏汉籍珍本追踪纪实》（上海古籍出版社，2005 年），这是他在编撰另一部即将由中华书局出版的煌煌大著《日本所藏汉籍珍本目录》时随手写下的札记。在有关古典的研究中，无论中国还是日本，历来有一支文献学或称书志学的传统，严先生常说，这才是实事求是的学问。可让我多少有些感慨的是，尽管长年累月地从事着记录版本、编撰目录的工作，但严先生的研究却好像并不显得枯燥烦闷，在长达二十多年的东瀛访书过程中，汉籍的流传存佚，对他来说，似乎不仅仅是日本中国学的源流变化的真切反映，也常常是中国文化乃至于日本文化命运的一种象征，因此，"在对中国古籍流入日本情况的介绍中包含着相关的日本文化风气的提示"（章培恒《日本藏汉籍珍本追踪纪实序》，3 页），大概是他非常看重的，而构筑一部贯彻古今的完整的日本中国学史，也好像早在他的计划当中。如今看来，建立在这种文献学基础上的日本中国学，由于是以书籍文献中的"知识考古"为前提的，所以能够立定脚跟、学有所本，不大受到一般的人情世故的左右，也不大会为意识形态方面的因素干扰。

《内藤湖南研究》等三书的作者，想来也在沿着这一学术方向往前走，因为他们各有专精，又都有着长长的未来，青出于蓝而胜于蓝，有所成就自然指日可待。然而，要讲到读过现在的这三本书后，还有些什么不满足的话，我想要谈的一点，就是多少觉得它们对中国学家置身的日本场景，特别是有关思想、文化的场景，介绍的似乎仍然不够充分。临时想到些例子，顺便拿来这里讨论并向各位请益。

比如说，内藤湖南、津田左右吉都不是单纯的中国学学者，同时也是日本精神史和文化史的研究大家，就像小川环树在《内藤湖南的学问及其生涯》中提到的，作为东洋史学家，他们跨日本史和东洋史两界，在明治时代的学者中，不算罕见（《小川环树著作集》第五卷，筑摩书房，1997年，200页）。记得在桑原武夫为"现代日本思想大系"编的《历史的思想》（筑摩书房，1965年）这一卷，内藤湖南他们是被当作明治到昭和时期最有影响的历史学家的代表被收录其中的，一则代表文化史学，一则代表批判史学。而在八位入选的史学家里，他们的作品（多数讨论日本史、日本文化史）又是被选录最多的，这或许可以说明，像内藤湖南、津田左右吉这样的学者，他们的中国研究，同他们的日本经验及日本研究实际上是很难分开的。认真地说，刘萍的《津田左右吉的研究》在说明这一点上，已经做得非常不错。书中有专章讨论津田左右吉对《古事记》和《日本书纪》的批判性研究，在介绍津田左右吉有关道家、儒家的研究时，也不忘交待道教和儒家思想在日本的流衍。但值得注意的是，在津田左右吉写作一系列有关日本上古史的批判性论著的时候，他也同时在写作《文学中表现的我国国民的思想研究》这一日后成为日本精神史研究典范的著作。批判与建构是相生相伴的，在津田左右吉那里，对日本古史的颠覆性研究、对中国文化的批评性考察，就是同他着力建设维护的日本精神紧密联系在一起的。尽管在全书之末，也已经开始涉入津田左右吉的中国文化批判是在对日本文化的"清理和剥离"过程中进行的这样一个话题（285—287页），然而可惜的是，话题未能充分展开，我想如果能就津田左右吉对日本传统思想及近代精神的看法谈得再多一点，大概能使读者更加读懂作为一个学者，他所选择那些课题、那种切入角度的深刻的思想学术动机。

又比如说，与内藤湖南、津田左右吉相比，吉川幸次郎一进大学，学的就是中国语学文学专业，他的注意力自然始终围绕着中国学的问题，但是作为一个时时不忘面对日本社会大众的中国学家，他对日本的国学，也并不漠然相向。这里最值得一提的是，他曾自称国学家本居宣长的信徒，并且留有关于本居宣长的重要论著。在日本近代以来的思想史上，本居宣长是一个非常重要的思想资源，有时他也被一部分中国学家当作自己思想和学术上的资源，仅此一点，便可见在中国学与日本国学之间，实在有着很深很深的纠缠。在吉川幸次郎的中国学生涯当中，继承也罢，批判也罢，抑或有批判的继承，本居宣长到底有过什么样的影响？如果完全不予以关注，而要详尽说明他的思想的复杂性、他对现实的关怀，还有他所开出学问的博大，我想大概也是相当困难的。

在内藤湖南身上，当然也有同样性质的问题。例如，如何看待像他这样的中国学家对历史上的文化中国充满景仰、对晚清民初的现实中国却抱有蔑视的奇特现象？在这里，如果仅仅归结为"与那个时代日本中国学者个人思想品格缺乏近代性密切相关"（《内藤湖南研究》，15 页），而忽略掉内藤湖南的那些有关日本文化的言说，特别是其中包含的他的日本立场，或许也只能使人看到问题的一个侧面。

由上述问题引申出来的另外一点，是对这些中国学家之间的相互关系，我想假如能够多作些介绍和阐述，或会令这三本研究著作显得更加丰满。而有些疑问，一旦置于某种联系当中，也会变得容易化解。例如所谓"京都学派"与"东京学派"的问题，就我们来看，它们之间的区别到底有多大？京都学派又有什么特点？如果说"重视对于中国的实地考察和实际接触"（《内藤湖南研究》，60页），也算得上是京都学派的一个特点的话，那么，又该怎样解释东京的一些重要学者同样热衷于去中国考察？而谈到京都学派的研究方法（同上书，62—65页），它的情况也一样复杂，东洋史学科与中国语学文学学科本是有些差别的，东洋史里的桑原隲藏与东京学派本来也有人所共知的渊源关系，种种异同，放在一个较宽的视野里面，也许能处理得更加周到。

从严绍璗先生那里得到他赠送的《内藤湖南研究》等三部新书，正是我和贺圣遂先生选编翻译的日本中国学家的学术随笔集《对中国文化的乡愁》将要付梓的时候，这让我有兴趣、也得以集中一段时间来认真拜读三本新书，趁着余兴未尽，又写下未经深思的如上感言。

按：篇题"千年万里两薪传"取自杨联陞 1964 年赠给小川环树的一首诗，见于蒋力编《哈佛遗墨——杨联陞诗文简》。

又，在以上三本书中，贝塚茂树的"塚"，一律被植成"冢"字，希望出版社能在重印时改正过来。

特此附记。

往来以礼

一

1927 年 10 月，新月书店出版了陆侃如翻译的高本汉（旧译"珂罗倔伦"）著《左传真伪考》（胡适曾译作《论〈左传〉之可信及其性质》）。这部以比较文法的方法来证明《左传》非鲁人所写的著作最初在瑞典发表，不过是一年半以前的事情，高本汉此前曾在瑞典哥德堡大学开设过《春秋》、《左传》的研习课程。

那个时代的中国学者，对欧美汉学界的任何一点风吹草动都非常在意，不亚于我们今天对海外学术动向的关注和了解。

2010 年春季，当我从香港的图书馆借出《左传真伪考》的中译本，感触最深的还不是这一点，让我最感兴趣的，还是薄薄一百零七页的这本书，除去正文，前面有胡适的《提要与批评》，占了整整四十页，后面有卫聚贤的《跋》，也占了十二页。胡适的《提要与批评》，在早年的《胡适文存》和新编的《胡适全集》里都很容易见到，但是如果没有见到《左传真伪考》的这个中译本，不能对这篇《提要与批评》的篇幅、尤其是它与高本汉的正文之比有一个直观印象，还是难以想象胡适曾经是花了怎样的功夫去细读作者送给他的这本书，也很难联想到这种旧式"提要"的写法，在现代学术史上有过怎样一段"死灰复燃"、神威再现的历史。

从陆侃如的《译者引言》和卫聚贤的《跋》里，我们可以知道《左传真伪考》的原本是赵元任从作者处获赠，转送给李济之，再辗转到卫聚贤手里的。此时的卫聚贤，因为用统计学的方法考得《左传》的成书年代以及作者乃孔门弟子子夏，受到梁启超的表扬，已经成了崭露头角的《左传》专家。拿到高本汉的这本书，他马上迫不及待地请了自己清华研究院的同学陆侃如为他讲述书的内容，而陆侃如因为出版过《屈原》、《宋玉》两本书，这时也被视为学界的后起之秀。于是，陆侃如口译，卫聚贤笔录，"全书共六十余西页，竭两日夜之力始峻事"。在《跋》里，卫聚贤一面表达着自己对高本汉由衷的赞佩之情，称他是以文法考证《左传》真伪的"第一人"，然而另一方面，对于书中的结论，他也毫不客气地提出异议。他说文法的差异，不光由地域造成，应该也有时间的关系，他也不同意高本汉对于《左传》编纂之年的考定。

现在我们讲陆侃如、卫聚贤这一代民国以后国内培养的学者、清华研究院毕业的学生，有时候会过分强调他们的所谓"国学"功底，而忽略掉一个重要的因素，就是起码在他们成长的初期，海内外的学术同行之间还是可以进行正常交流的。有一个畅通的交流渠道，有一个宽松的交往环境，这其实是这一代人在学问上能够起点较高的原因之一。作为年长一辈的学者，胡适在这方面的贡献，当然也已经众所周知。这篇《提要与批评》的初稿，就是胡适半年前在太平洋舟上读了高本汉的赠书以后，本来要写给"疑古"的顾颉刚和钱玄同，供他们讨论用的，所以它后来也发表在《中山大学语言历史学研究所周刊》和《古史辨》

的第五辑上，它的修订稿，就做了《左传真伪考》的陆译本长序。

提要的编写，在中国，至少始于一千多年前，近代以来，人们往往把清朝四库馆臣编写的《四库全书总目提要》看成"提要"的一种标准写法，认为它可以用来"辨章学术，考镜源流"。即便放在这样一个传统里面，胡适的这篇《提要与批评》也算得名副其实。它共有七节——著者珂罗倔伦先生、序的因缘、什么叫做"左传的真伪"、论《左传》原书是焚书以前之作、从文法上证明《左传》不是鲁国人做的、关于这一部分的批评、下篇的最后两部分，把作者、书以及自己的评断，交代得清清楚楚、本本分分。

学术史上总有一些经典，值得后人揣摩和效仿，胡适的这篇《提要与批评》，我想也可以列入其中。作为提要，它完整地概括了高本汉书的内容，不走样，无遗漏，同时揭示它的方法，检验它的证据及结论，丝丝入扣，条理清晰，最后将它置于中国乃至国际学界的相关研究脉络中来做评价，态度诚恳，意见平实。以我自己的浅见，写出这样的提要，看似容易，实际并不轻松。专业知识的累积、学术行情的掌握、精读文本的耐心，少一样都不能成立。

而胡适的这一句话："我们只要能破除主观的成见，多求客观的证据，肯跟着证据走，终有东海西海互相印证的一日的。"在我看来，又是既能表现他个人在学术上的包容心，也能传达那个时代的中国学者襟怀开放却又不失自信的心理。

胡适当日以金针度人的热忱推荐高本汉的著作，自然有一个属于他自己的情结，那便是对于西式文法的推崇。早在留学期间，胡适就写过《〈诗〉三百篇言字解》（1913）的文章，尝试"以新文法读吾国旧籍"。他还希望凡通晓欧西文法的年轻学人，今后都能"以西方文法施诸吾国古籍"并能总结出一套"成文之法"，使"后之学子能以文法读书，以文法作文"，而令我"神州之古学"终有"昌大之一日"。由此，他对高本汉的分析文法也就相当看重。这位瑞典汉学家能和自己一样做着"开山的工作"，让他不免有了惺惺相惜之心。

然而有趣的是，尽管口口声声赞扬高本汉"有开路的大功"，胡适也并没有忘记《左传》研究的中国语境，他对高本汉的批评，也大多来自这个语境。他有一个意见，就说的是高本汉对中国学界的成果缺乏了解：考订《左传》

真伪，却没有读过刘逢禄、康有为的相关研究，问题要从德国的佛朗克（Otto Franke）那儿转引来，可这个佛朗克又是连崔适的《史记探原》也没读过的，单凭对康有为之为政客的人格的不信任，就怀疑他有关《左传》的论述，这种考证的方法本来就不很科学。

二

瑞典学者马悦然为高本汉写过一本传记，去年（2009）这部传记也有了中文本，名字就叫《我的老师高本汉——一位学者的肖像》。在这部传记里，高本汉这位 20 世纪最著名的瑞典汉学家，与他的研究对象中国，在现实世界，似乎从来就没有建立起多么亲密的关系，不过，这并没有妨碍他成为瑞典以及欧洲汉学界的里程碑式的人物，也没有妨碍他在中国语言学界不止一代人中间留下深刻的印记。

出生在瑞典的高本汉，一生中只有两次踏上中国的土地，尽管从大学时代起，做一名从事日语、汉语工作的教授，就是他最大的心愿。那正是历史比较语言学盛行欧洲的年代，梵语研究给整个语言学界带来巨大的震撼，也影响着高本汉对自己学术方向的选择，在圣彼得堡学习汉语期间，他更得知欧洲汉学界目前最不能令人满意的，就是语言学、语音学方面人才的短缺。1910年，接受过相当正规的瑞典方言调查训练的高本汉先是到了上海，然后抵达太原。在接下来的大约一年半时间里，他一面学习汉语，一面对山西、陕西、甘肃、河南等地的方言展开调查，亲眼目睹了推翻帝制的辛亥革命之后，返回瑞典。

在马悦然写的传记书里，最有趣、也最珍贵的，是它收录的大量高本汉写给家人和师友的信件，这些私人间的通信，对于我们探寻一个伟大学者学问之外的内心世界，有极大的帮助。

高本汉曾经从太原写信给他的女友说："当你来到这里的时候，完全不像大家说的那样，一下子就会叫与我们的文化不同的东西搞得目瞪口呆。正好相反，这里的物质文化与我们的极为近似感到很遗憾。"（该书111页）这位踌躇满志的未来汉学家，对于相距遥远的中国，竟是没有一丝一毫初来乍到的陌生感和隔膜感。大半年过后，在另一封寄给女友的信里，他又写道："今天孟子有一小段话让我觉得理性和新鲜。如你所知，在西方国家人们一直在讨论，人的本性天生就是善的，还是像基督教说的是后天继承下来

高本汉（1889—1978）

的。孟子说：'所以谓人皆有不忍人之心者，今人乍见孺子
将入于井，皆有怵惕恻隐之心。非所以内交于孺子之父母
也，非所以要誉于乡党朋友也。'我觉得此话非常睿智。"
（113页）虽然此前不久，他才向女友描述过另外一番极其
现实、冷酷的情形：义和团运动以后，中国被迫向西方列
强让步，"天知道，目前汉学通挣得了多少钱。但是可以预
见，中国将再次自食其果。毫无疑问，受到利益驱动的国
家都会来，把它完全瓜分掉，就像过去的波兰一样，那时
候我的股票会成千倍增值。那时候英国和美国、法国和德
国都会需要大量高素质的中文教师"（79页）。可是对于古
典的中国文化，高本汉却似乎抱了那么一点点奇怪的温情。
也许就是这一点点温情，仿佛潜流似的，成为他开辟汉学
新领域的一种内在动力？

　　20世纪初的圣彼得堡和巴黎都是欧洲汉学的中心，从
太原归来的高本汉，随即去了有沙畹、伯希和、马伯乐的
巴黎。在那里，他一面痛感着汉学界在语言学研究上的落
后以及由此造成的与世界学术潮流的差距，一面费尽心机
地四处搜求汉语方言，他还尝试利用传统韵书来构拟中国
的中古音。在这一阶段，他选择了将历史语音学作为自己

研究的方向，这是因为他敏锐地发现，欧洲学界"不少乐观的先生试图把汉语与其他不同的亚洲语言联系在一起"。他对此十分不满，并指出某装帧豪华的英国书籍"试图确立苏美尔语与汉语有血缘关系，其根据是大批现代汉语方言的读音"，其危险性正不亚于冰面上行走；正确的方法，他认为是要先搞清楚汉语本身的历史，再考察汉语与其他语言像暹罗语、泰语、藏缅语等等的关系，然后，"才有可能从总体上考虑亚洲居民和他们的语言问题"（《汉学语言学的任务及方法》，147页）。

坚持汉语语音在历史上曾经有过变化，不能说今天的汉语方言就与古代汉语完全等同，高本汉的这一观点，与明清以来陈第、顾炎武、戴震、王念孙等音韵学家的看法不谋而合，这也是继承了这一批明清时代音韵学家学说的现代中国音韵学者为什么能够接受他的一个重要原因。

1915年，博士一毕业即成为乌普萨拉大学副教授的高本汉，在他第一次课上讲授中文的特性，就结合了瑞典语的特征，解释中文"也有词尾的变化"。在此后数十年的汉学研究与教学生涯中，除了1922年有半年访日，其间也有几天路过上海，其余的差不多所有时间，高本汉都是面向欧洲学界或者瑞典听众的。在传记书中，马悦然多次引述同时代人对高本汉的一个评价，称他的"普及性科学讲座"广受欢迎、贡献极大，究其原因，大概就是因为自年轻时起，高本汉的理想已经非常宏大，他没有想过只做一个关起门来不问世事的专业学者。从太原写给女友的信中，他就宣示过："如果谁在一个国家想建立起一门学科，如我在瑞典想做的，书呆子是办不成的。与其花十年工夫写十五本内容翔实的书，不如先办一个科学性的汉学杂志，再为它购置设备建立一个中文印刷厂，在乌普萨拉或斯德哥尔摩建一个中国博物馆，举办多种报告会，掀起一股东方热潮以及在乌普萨拉大学招收学生。"（75页）为了实现这些伟大的计划，开创一个新的汉学事业，他当然不能困守书斋、足不出户。专业方面的成绩固然重要，但是他也非常清楚，只有向大众普及，唤起一般人的兴趣，才能获得更多的资源和更大的支持。

当高本汉发愿要在乌普萨拉建立一门新学科的那些年，中国学界包括语言学界也在发生着翻天覆地的变化。王力后来总结1949年以前的中国语言学，说它"始终是以学习西洋语言学为目的"（《中国语言学史》，173页）。在这些被学习、追随的对象当中，有一个频繁出现的名字，就是高本汉。早在1922年，听到高本汉会去北京的消息，赵元任便从美国写信向黎锦熙急迫地打听："这人对于音韵沿革似乎很有研究，你们有谁同他谈过没有？"（《讨论国音字母的两封信》，《赵元任语言学论文集》，26页）

趁着在香港访问，便于找书，我陆陆续续又翻阅了高本汉的其他几种中文版论著，有王静如翻译的《中国古音（切韵）之系统及其演变》(1930)的论文，有张世禄翻译的《中国语与中国文》(1931)和贺昌群翻译的《中国语言学研究》(1934)书，有赵元任、罗常培、李方桂联袂翻译的《中国音韵学研究》(1940)，还有台湾出版的杜其容翻译的《中国语之性质及其历史》(1963)和张洪年翻译的《中国声韵学大纲》(1972)，等等。这里面，像《中国语与中国文》就是写给大学预科生的讲演稿，它谈到中国语，也谈到中国文化，因为语言到底是和文化相关联的。它说：中国的文言是一种书写的世界语，今天北京下一道命令，各地方都能读懂，要是广东音，其他地方人就不一定懂，所以文言是保证政治上大一统的工具，"中国人一旦把这种文字废弃了，就是把中国文化实在的基础降伏于他人了"（50页）。

它又说："中国文字是真正的一种中国精神创造力的产品，并不像西洋文字是由古代远方的异族借得来的。中国地方对文字特别的敬爱，这种又是西洋人所不能理会的。"（84页）从文化入手，那植根在不同于西洋文化中的特殊文化里的汉语，就会变得容易理解吧。张世禄在为该书撰写的《导言》中，所以称它的"文辞和学理都很浅显。但是把中国语文上种种重要问题，都已经给予读者以确切明的观念"。

在《中国语之性质及其历史》一书中，高本汉还曾直言："我们期望从语言中，即便是极简单地，认识并了解一点中国人的心境。"（9页）这位并没有在中国停留多少时间的汉学家，于他纯粹的专业研究背后，原来也隐藏了一份对于中国人和中国文化的好奇与关心。20世纪初，海外汉学家对中国文化的这种关心，尤其是他们借助自己的文化背景而对中国文化所做的审视和描述，对中国人来说也相当重要，变成了中国人观看自己的一面镜子。因此，像高本汉这一类对于中国语言特征的概括性的分析和总结，包括运用在这种分析和总结中的产生自欧洲的语言学理论，都转而为它的中国读者提供了一个新的自我，同时也提供了新的自我认知的工具。这个新工具，一方面把中国的汉语同印欧语、阿尔泰语等世界上的其他语种联系到一起，另一方面，又把汉语中的文言同方言区分开来，把汉语同曾经共为汉字文化圈的日语、韩语、越南语等等区分开来，这样，汉语也就处在了一个可供比较的新的语言空间。因此，被马悦然称作"高水平的科普作品"的这些高本汉的著作，对于以历史比较语言学为主流的欧洲来说，是一个新世界的展现，带来新的学术资源，同样，对于变革中的中国和中国学界，它们也不啻为一个新世界、一种新资源。

这就是为什么胡适在为《左传真伪考》撰写的《提要与批评》中，给予高本汉那么高的评价，胡适说："中国向来研究古今声韵沿革的学者，自陈第顾炎武以至章炳麟，都只在故纸堆里寻线索，故劳力多而成功少……珂先生研究中国的古音，充分地参考各地的方言，从吴语闽语粤语以至于日本安南所保存的中国古音，故他的《中文解析字典》详列每一字的古今音读，可算是上集三百年古音研究之大成，而下开后来无穷学者的新门径。"

三

1920—1930 年代，高本汉的著作被翻译得既多且快，这位一心要在瑞典或说欧洲汉学界建功立业的学者，在中国好像也遇到了不少知音。这当然与他本人具有强烈的与中国学界沟通的欲望不无关系，他大概总是能把自己的最新论著，送到胡适、赵元任、丁文江、钱玄同、杨树达这样一些与欧美学界关系密切或是本来在学术上就有新变想法的人手里，不过另一方面也不能不看到，那个年代，中国学界弥漫的与欧美沟通和接轨的热情，也实在非比寻常。自从《马氏文通》出版以来，语言学领域便有了越来越强的以西洋为师的习惯，就连最传统的音韵学，也逐渐同原来的语码和系统拉开了距离。

高本汉在这一时期，是自觉不自觉地扮演了极为重要的角色的。今天，从魏建功给《中国音韵学研究》中文版写的一篇书评中，我们仍然可以看到，当高本汉把他的博士论文送给钱玄同，钱玄同直接就"从原书里把高氏的《广韵》韵类构拟的音值抽录出来和国音系统一同亲自手写油印，在北京大学讲，自然又加了他自己的意见讨论过一番"（魏建功《中国音韵学研究——一部影响现代中国语文学的著作的译本读后记》，《魏建功文集》贰，468 页）。而在清华研究院开办之初，赵元任讲语音学，也是不遗余力地推介高本汉的学说，在《现代吴语的研究·序言》中，他表扬高本汉是"研究中国语言最详细又最多的"一位音韵学家，称其"所得的材料可以够使他考定隋唐时代的古音的大概"（赵新那、黄培云编《赵元任年谱》，146 页）。前辈学者为之鼓吹、推动，一二十年工夫，便有了不俗的成绩，到 1935 年王力出版他的《汉语音韵学》教材，便直言"差不多是无批判地接受了他的学说"（王力《汉语音韵学》1956 年《新版自序》）。贺昌群在为高本汉《中国语言学研究》中译本写的《译者赘言》里，也很明白地谈到，"高氏的结论，我国学者不少接受的，在欧洲则惟马伯乐常与之处于对立的地位"；"现在国内几个明敏的语言音韵学者之所以能表现相当的成就，未始非有借于高氏之力"。

不知是偶然抑或事实如此，我所见高本汉论著的一些中文译本，大多都和《左传真伪考》一样有着或详或略的提要和评论，甚至于是对原著错误的更正。像上述王静如翻译发表在《史语所集刊》上的那篇文章，就是经过了译者的修改，包括改正了高本汉原来拟的北平音标。还有张世禄翻译的《中国语与中国文》，前面也有一篇非常详尽的译者《导言》。当年翻译出版学术著作，是否都要经过这么一道程序？还是语言学这一行自有它的特殊要求？直到很多年后，杜其容在他翻译的《中国语与之性质及其历史》一书里，仍是增加了一百二十多条注释，或补充资料，或提供训释，或辨正讹误，其中不乏援引中国学者的意见以纠正原书偏差的；全书之末，又附有周法高的两篇文章，大概是用来替代对作者的介绍和评论，而周法高的文章，就指出了高本汉受西方语言学影响、过分拿中国语比附印欧语的问题。

语言学上，我是一窍不通的外行，三十年前受教于周祖谟先生学到的一点音韵学入门知识，也都几乎忘得干干净净，只是读到如此认真周详的翻译、如此体现专业水准的提要和评论，受益匪浅，心中便有十二分的敬佩。学术翻译的目的，应该就是这样，主要为了给更多的人参与对话、讨论和批评提供一个平台，而不仅仅是在表达一份仰慕之情，不是一种荣誉性的事业。

在这些译本里头，最有分量、最堪称经典的当然要数赵元任、罗常培、李方桂翻译的《中国音韵学研究》。这部以高本汉博士论文为主体的著作，早已为欧美学界瞩目，也为中国学者留意。用罗常培的话说，这部书既是集西方的中国音韵学研究之大成，在中国，也可以充当一部空前的"音韵学通论"（罗常培《介绍高本汉的中国音韵学研究》，转引自张静河《瑞典汉学史》，124页）。李方桂曾回忆，1926年他在芝加哥大学跟爱德华·萨皮尔（Edward Sapire，"萨皮尔"又作"萨佩尔"、"萨丕尔"）读书时，这位著名的语言学家就建议他要去看此书（徐樱《我与方桂五十年》，23页）。而赵元任1924年访问瑞典的时候，也已经与略带山西口音的这位汉学家谈到了要翻译此书的事情，四年后，他不但获授权翻译，还被委托重编全书（《译者序》，7页；赵新那、黄培云《赵元任年谱》，151页）。

翻译出版的过程和细节，所经历时代的磨难、人事的变迁，合五人之力、积数年之功，在傅斯年为该书写的《序》和三位译者写的《译者序》中都一一交代。傅斯年的《序》，清楚展现出这一代学者的学术追求跨越了国境，所以他也把高本汉"具承前启后之大力量，而开汉学进展上之一大关键"的如此高的成就，归因于其能"综合西方学人方音研究之方法与我国历来相传反切等韵之学"，他并且由此倡导"学问之道不限国界，诚欲后来居上，理无故步自封"，要求"国人之接受此书，一如高本汉先生之接受中土学人之定论也"。

中文本的《中国音韵学研究》，比照法文原书增加了《译者提纲》、《字体及标点条例》、《名词表》、《音标对照及说明》、《常引书名表》等几个部分，魏建功在上述书评里说这些都是读者"最需要的"，他尤其称赞《译者提纲》写得好，说："这篇比从前《四库提要》更其精核公平的提纲是值得给译书的人和做提要的人做榜样的！"而马悦然在他给高本汉写的传记书里，也谈到过"该书的优秀译文比法文原著更容易理解"（205页），例如中译本将原书的瑞典音标改成通行的国际音标，就大大方便于人。不用说，三位译者花费许多心思改正原著中的疏漏和错误，也令中译本比原著更加可靠。

面对焕然一新的译本，有意思的是，高本汉自己也感动不已，他在《著者赠序》中给了翻译者极高的评价。他说：三位译者"全是在这门学问里极精彩的工作者，对于中国语言史上全有极重要的论著，全给过我许多的益处，他们三位先生在这部书上牺牲了这么多宝贵的光阴，使我少年时代生的这个小孩子能够在它的本乡里得到一条新生命——这件事是使我非常感动的"。他因此诚恳地向几位中国学者致谢，说："自从中国新起了一辈学者以来，一部像这样的书，里头有好些地方就变成不能用的成说，要想把它译成汉文，事先非得彻底的修改一番不可……现在好了，借着我这几位翻译先生的大力，这部书不但译成了极其流畅极其真切的汉文，并且内容上的修改润色也承他们的好意同时都做到了。"经此一事，他对汉学领域的新变化也愈增感慨："中国新兴的一班学者，他们的才力学识比得上清代的大师如顾炎武段玉裁王念孙俞樾孙诒让吴大澂，同时又能充分运用近代文史语言学的新工具。"又说："一个西洋人怎么能妄想跟他们竞争呐？"他以为，一个西洋人，现在只能够"选择一小部分，作深彻的研究，求适度的贡献而已。这样，他对于他所敬爱的一个国家，一种民族，一系文化，或者还可以效些许的劳力"。

《中国音韵学研究》，按照高本汉自己的想法，原本是将"瑞典的方法"移植于中国音韵学的研究，但是，这样一部以瑞典方法写给瑞典读者的著作，现在却变成了由中国学者参与、合作完成的一个新成果，就像魏建功在上述书评中给出的结论："这部译本毋宁说是新中国音韵学者的集体著作。"（《魏建功文集》贰，470页）这样的一个结果，自然靠的是中国学者基于强烈主体意识和责任感的积极投入，却也根本离不开高本汉为人的谦逊和治学的公允。在后来出版的《中国声韵学大纲》一书中，高本汉也还谈到过，"这许多年间，我对自己起初的说法，曾作过不少的补充和修改"，其中有的就是"受了同行其他学者的影响，像马伯乐、李方桂、赵元任及罗常培，便是其中主要的几位"（张洪年译，1页）。

1930年，瑞典探险家斯文·赫定邀请高本汉参加居延汉简的整理工作，高本汉回信写道：我不是最佳人选，虽然在语言学领域，"我确信，我像其他欧洲人（伯希和除外，可能还有马伯乐）一样优秀"；但在文字鉴定方面，我却"无法以任何形式与某位优秀的中国文字学家相比"。他建议斯文·赫定不如就在北京找罗振玉或其他人合作，以免重蹈沙畹的覆辙："曾经鉴定斯坦因第一批和第二批文物的沙畹有过很糟糕的助手，因此他伟大的作品变成了他最难堪的事；罗振玉不得不彻底重新鉴别。沙畹对草书的鉴别能力不错，但是他没有著名的蔡元培的帮助一辈子也搞不清楚——恰巧蔡元培当时在莱比锡。"（马悦然《我的老师高本汉》，172页）这个一辈子只在中国住了一年有半的汉学家，对他的中国同行，却表现出这样坦诚的完全的信赖，没有一点犹豫。

我是没有能力也无意于评说高本汉的学问以及他在中国学界的影响的，在香港的这个春季与随之而来上海的酷热夏天（指 2010 年），萦绕心头的，其实一直是那个年代海内外学术交往的方式，那种互相学习、商讨而又互相信任的诚挚坦率的方式，多么让人感动和怀恋！它是否能像那个时代的学术一样延续下来，成为我们的一种传统、一种典范？

可感的物质与想象的文化

　　《明报》上登着东京一家高级饭店的广告，广告说这是一些香港明星最爱租住的地方，因为饭店的服务绝对一流，很对得起四千块钱一晚的收费。比如客房里装有传真机并不稀罕，但传真机旁摆着一排外语词典肯定少有吧，这可以免去入住客人张口求人的多少麻烦和尴尬。再比如客房里备有咖啡及咖啡具供客人随时煮一杯咖啡的办法，已为不少饭店采用，可有谁会为客人提供能煮出高品质咖啡的带过滤纸的那种呢？这则广告既打了最能吸引香港人的明星招牌，也把日本特色的服务精神传达得点滴无遗。

　　每年都有许多香港人去日本旅行，报纸上除了常年登有旅行日本的广告，也不时刊出游日人士的短文随笔，读来有趣的是，很多人都为日本人的知微见著、以小治大以及在细节上决不苟且的态度折服。1980年代的一位专栏作家曾经写他对日本车站的观察，他说在日本等候乘车的人通常也不少，可就是见不到这边车将停未停，那边刚刚还排得好好的队伍已然乱了阵脚，人群一哄而上的场面。他说他为此做了一点调查，发现日本车站秩序井然的原因，靠的不过是一个细节的处理，那便是要求车子进站后，务必停在一个定点上，车门位置固定了，自然免去等车人忽前忽后地奔跑。1990年代的青年大多伴随日本青春偶像剧成长，他们的体会是看日剧，一定要留意它看似不经意的细节，你一定要从第一集坚持到最后一集啊，他们说，否则你怎么知道男女主人公最后约在美术馆见面，其实大有深意呢，那正是他们一见倾心也是他们曾经失之交臂的地方，你看不懂这种种精心布置的细节，又怎能享受得到日本爱情电视剧那令人窒息的甜蜜感觉呢？

日本以它对细节的精致巧妙的处理使人着迷，那些细节可不是无关紧要的，从电脑屏幕的仿真颜色到手提电话五彩缤纷的机套，从搭配不同衣服的雨伞、阳伞到手提包袋上的每一粒扣子，它们都是那么地体贴你的需要、契合你的心思，想你所想，想你所未想，使你在花钱购物的时候，更仿佛额外得了一份情意款款的厚礼。我想罗兰·巴特（Roland Barthes）在他那篇以流行服装杂志为研究对象的论文《流行体系》（Systeme de la Mode）中赞扬"细节最具有生命的模式"是很有见地的，他认为恰恰是那些看起来微不足道的细枝末节，把一些毫无意义的东西变成了最有意义的东西。在同一性日渐取代了特殊性的现代都市，的确好像也只剩下勉强可供细节点缀的空间，尚能让现代人伸展一下他们未被彻底泯灭和同化的个性、创造力。

都市里最爱标新立异的当然莫过于青少年，香港的青少年中不乏"哈日族"，不知道是不是就出于这个原因，只除了嘴上不讲日语外，他们全身都是日本式的披挂，听宇多田光的歌，看木村拓哉的戏，挤在日式料理店小小的回转台边延颈期盼想要的那份寿司，就连大学饭堂里也可见他们埋首于饭菜和日本漫画书之间的身影。以价钱来论，日本的东西决不便宜，不说崇光、三越那些老字号的百货商店，天长日久，已不得不将就普罗大众的购买能力，单看近年开张的 LOG-ON，那里边件件正宗日本制造的物品，比一般商店竟不知要贵出多少，其中的大多数，要由务实的中年人眼光来看，实可谓"中看不中用"的。中看不中用，换一个语境或可叫作高雅脱俗，而这一品质，似乎最能对上不劳而获者包括正在心安理得享用父母工薪的青少年的胃口，因此尽管 LOG-ON 的物价不菲，少男少女们还是趋之若鹜。

　　有人于是觉得日本的商人真是聪明透顶、精明透顶，想想吧，他们抓住的可不仅仅是现在的最大方的一群消费者的荷包，他们的老谋深算还表现在等于培养了一代人可能终其一生的对日本产品的特殊感情。要知道商品不是只有实用功能的，商品也有文化的内涵，任何一种商品，在满足了实用价值的前提下，总有着不纯粹为实用目的某些因素作为其附加值存在，那些看来只起着修饰作用的附加成分，便可以"文化"称之。商品的实用功能或只发挥于一时，但其所负载的文化却可传之久远，只要去文物拍卖市场走一走，这道理不说自会明白。而反过来，商品所附带的文化信息，也会在人的精神记忆中留下痕迹，久而久之，使人养成特殊的消费习惯和认同心理，其后果，就像有人抱怨现在的香港大学生，由于他们从小看了太多的日本漫画，进到大学，也还是只喜欢看图不喜欢识字，文学系的学生，却连长篇小说也懒得念。

说现在年轻人只会看图不认字，当然是带点牢骚味儿的玩笑话，不过或许不能否认日本在市场方面，真有不少好的营销策略，这些策略说起来也恐怕不全部出于商人的精明计算，有些说不定更得到深厚文化背景的支持。就拿对于细节的强调来讲，在日本，也许便算得上一种颇有渊源的传统。清少纳言在《枕草子》里就说过："凡细小之物皆美（なにもなにも、ちひさきものはみなうつくしい）。"写在大约一千年前的这部作品，向我们讲述了许多令人感动的人和事物，像朝阳下的菊花上的雨露（九月ばかり、夜一夜降りあかしつる雨の、今朝はやみて、朝日いとけざやかにさし出でたるに、前栽の露こぼるばかりぬれかかりたるも、いとをかし），像火盆上斜斜放置的夹碳的筷子（箸のいときはやかにつやめきて、すぢかひたてるもいとをかし），像故意不着裙装，却穿一件开缝的汗衫，挂着香袋，带子长长地拖下来，斜倚构栏，轻扇掩面，惹人怜爱的童女（をかしげなる童女の、うへの袴など、わざとはあらでほころびがちなる、汗衫ばかり着て、卯槌、药玉などながくつけて、勾栏のもとなどに、扇さしかくしてゐたる）、还有八九月里盖着经了一夏的绵被，穿了生绢做的单衣，任风任雨吹过来的感觉。刚嫌这单衣有点热，想要脱掉，却不料天气凉下来（八九月ばかりに雨にまじりて吹きたる风、いとあはれなに。雨の脚横さまにさわがしう吹きたるに、夏とほしたる绵衣のかかりたるを、生绢の単衣かさねて着たるも、いとをかし。この生绢だにいと所せく暑かはしく、とり舍てまほしかりしに、いつのほどにかくなりぬるにか、と思ふもをかし）……清少纳言笔下的这些人和事物，无不是在一些秀巧精致的细节衬托下，才显出它们不同凡响的美丽的，若非有观察细节的习惯和捕捉细节的能力，大概一般人很难欣赏到它们的美，更不要说将这种美感经验诉诸文字。

虽然在现代商业和《枕草子》之间寻找联系，是件无聊且可能徒劳无功的事情，但细细思量，这两者也确乎有着某种微妙的关系，只不过这关系表现在它们具有的并非是相同而恰恰是相反的影响上：乐于接受日本设计制造的产品的人，却也不一定认同《枕草子》代表的那种日本文化。

罗兰·巴特在他谈论日本的那部著名的《符号帝国》

（L'empire des signes）中，就曾用了细致入微的笔墨描述日本人日常生活中在细节方面的不可思议的投入。在他看来，对于细节的过分关注，导致整个日本处在了失去中心的空洞状态，好像禅宗说的色即是空。例如他分析日本的包装说：当物品被人们精心地用卡纸板、木头、纸张和丝带一丝不苟地包裹之后，相对于豪华的外包装，物品本身的意义被淡化了，变得毫无价值起来，常见外出旅行的日本人给亲朋好友带回包装华丽的礼物，其实他千里迢迢搬运的不过是一个空空洞洞的符号。

类似的看法，戴季陶似乎也有，他在《日本论》里也说过，除却欧洲传来科学文明和中国印度所输入的哲学宗教思想而外，日本固有的思想，不能不说是幼稚。据说对日本知之甚深的戴季陶更直截了当地指出，日本民族性格中富于幽雅精致，缺乏伟大崇高，认为《徒然草》所谓"花间黄莺"、"水中青蛙"，究竟气局褊小。而之所以有这种评价，实在是因为他的心中已经有了一个预设，即首先确立了大陆中国也就是自己这一方有着伟大崇高的品行，再将岛国日本视为一个具有对立品行的他者。

视日本为他者，为一个与自己不同的文化国家，这种他、我之别的确立，不但为不同国家的文化划出了边界，规定了不同文化具有泾渭分明、难以沟通的性质，也决定了人们对所谓文化的认识和描述，永远只能建立在想象之上：对他者的无法客观了解的想象，以及反观自身时无从定位的想象。就好像在罗兰·巴特眼里，日本始终是一面光亮耀眼却无法进入的镜子，是一种符号，它提供的只是一种写作的而非现实的情境。

今天生活在地球各个角落的人，无不乐意接受任何国家生产的方便耐用的物品，也无不乐意享用同样优良体贴的酒店服务，然而这些不同国家人民的精神灵魂，却是安置在不同的文化空间的。物质是可感的而文化是想象的，物质因此具有普遍的使用价值，可以共享，文化却是独一无二、无法复制的，不同种族不同国家的文化，总让人记起内与外、我与他的区别，它们因此有时更起到使人际疏离的作用。香港已是一个相当国际化的地方，但是我依然能在这个开放的城市，时时感觉到这种文化及文化国家的差别意识，也许就是这一点意识，使香港的年轻一代无论多么热衷于日本的漫画、日本的明星，但在钓鱼岛问题上，他们中的一部分，却时刻睁着大大的眼睛。

早期东洋的《中国文学史》

　　《中华读书报》2001年9月19日刊载了一篇郭廷礼的题为《19世纪末20世纪初东西洋〈中国文学史〉的撰写》的文章，文章中讲到了有过中文译本并且曾在中国影响较大的两部日本人写作的中国文学史书，即古城贞吉的《中国文学史》与笹川种郎的《中国文学史》（按：二书中的"中国"，原均作"支那"），我因为还从来没有见到过这两部书的中译本，所以对郭文的详述很感兴趣，也就看得比较仔细。

　　然而，仔细一看，便发现郭文述及并且辨正日本早期出版中国文学史著作的情况，似乎仍有些可以补充的地方。

　　我想，需要补充说明的是，除去末松谦澄的《中国古文学略史》在日本早已被当作是最早的关于中国的文学史著作以外，在古城贞吉的文学史书正式出版之前，其实已经有儿岛献吉郎（1866—1931）编写的《中国文学史》，在同文社出版的《中国文学》杂志第1—9、11号上连续发表，时值1891年的8月至1892年的2月，而在1894年由汉文书院出版的一套题为"中国学"的讲义中，也有他的另外一部《文学小史》，讲的当然也是中国文学。只不过跟末松谦澄一样，儿岛献吉郎此时发表的著作，都还没有写到秦汉以下，而他在中国文学史著述方面的业绩，要到更晚一点，特别是在他的《中国文学概论》有了中译本以后，才为中国学界慢慢了解的。

　　古城贞吉的《中国文学史》，从上古写到清朝，因而在日本，有人称它是第一部完整的中国文学史书。据古城贞吉在该书的《凡例》及井上哲次郎为之所作序中说，这部书开始写作，是在1891年秋天，这就是说，古城贞吉动笔的日子，距离儿岛献吉郎最初发表《中国文学史》的时间，非常非常接近。1895年，日本对清朝开战，古城贞吉赴朝鲜、中国参战，于是"投笔从戎"。这样就拖过了一年多，直到1897年5月，东京的经济杂志社才将他的文学史印出第一版来。

　　值得提起的是，就在这个 1897 年的 5 月，亦即笹川种郎《中国文学史》出版的前一年，事实上，至少还有藤田丰八的《中国文学史稿·先秦文学》一书，由东京的东华堂出版。在藤田丰八原来的计划中，他还将依次出版两汉魏晋南北朝文学、唐宋五代文学和元明清文学等后三册。同是这一年，大日本图书株式会社也开始逐月出版一种以文学家为中心的《中国文学大纲》，它是由笹川种郎、白河次郎、大町桂月、藤田丰八、田冈佐代治合著的，这同样是一个很长的出版计划，结果，到 1904 年的七年间，总计出版了十五卷。

　　接下来还必须记起的，也是这一年的 6 月，先于《中国文学史》，笹川种郎在东华堂出版了一部《中国小说戏曲小史》。

　　这样，我们便看到，无论是古城贞吉的文学史，还是笹川种郎的文学史，它们都不是孤立出现的。如果再结合当时在日本出现的大量日本及欧美国家文学史出版的现象，则可以知道，文学史的写作，在那些年里，并不是某一个人的发明，而是一种风气。

所以，我在读郭文的时候，就有了如下的感想。

许多年来，不少研究文学史的人似乎都很想搞清楚一个问题，那就是在这个世界上，究竟是谁写下了第一部《中国文学史》？已经见过若干种说法，郭文又给我们排了一个顺序。但是，也许这类争论看得多了，现在，每当我见到它还在被当作一个"问题"拿出来讨论，总有一点逆向的心理反应，我会怀疑再继续搞这种学术上的吉尼斯纪录，到底还能生出多少意义？远的不提，就按照常识来讲，当我们把什么东西说成是"第一"的时候，要么，我们已经预备了会有后续者接二连三地出现，要么，就干脆是在"第二"、"第三"……涌现之后，经过反向推导出来"第一"。"第一"的意义，永远要靠"第二"、"第三"来体现，假如只有"第一"而没有"第二"、"第三"，这个"第一"又能算什么"第一"呢？

有句老话，需要联系地看问题。就像末松谦澄的那部《中国古文学略史》，既然多少年来一直都正正经经地被封为先祖，你大概便不能说上些"从科学意义上来说，它不能算一部文学史，故人们一般不称它为第一部中国文学史"一类的话，就算做了交待。焉知人家的那许多文学史书之间，肯定没有我们轻易看不见的某种联系？记得偶尔在笹川种郎的回忆录里，读到过他写的与末松谦澄的一段交往，我自己是尚无机会查阅更多的相关材料的，但由此也不免浮想联篇：在他们之间，是否有过思想和学术上的交流，甚或具体到中国文学史的问题上，也有过一些讨论？

更进一步，如果再能够在几乎同时代而不同国家出版的各种《中国文学史》中，寻找联系，分析异同，对于学术研究的推进，与那年复一年的排座次相比，恐怕更不可同日而语。

最后，应该说明，关于日本早期出版《中国文学史》书的状况，仅在我极其有限的视野里，1980 年代以来，就有日本的三浦叶先生做过很详细的调查。前年，川合康三教授与其友人、弟子又合编了一本相当于书目提要的《明治の中国文学史（稿）》，相信国内研究文学史的许多朋友手里都有，估计不久也会正式出版。上述补充，就参考了他们的一系列调查、研究成果。另外，由于古城贞吉、笹川种郎、藤田丰八等人的文学史，在日本，还远远进入不了"国宝"系列，在一般的图书馆都很容易借出，我个人查核的结果，只证明了日本学者的说法不曾有误，所以，在此除了应当向他们致谢以外，我也要特别申明：上述文字，大多属于"借花献佛"，决非我个人的考证或研究所得。

闲话日语教科书

二十年前（本文写于 1999 年），我在大学里开始学习日语，那时，"文革"的硝烟刚刚散去，学校匆忙迎进我们这批老少不齐的学生，却一下子陷入了拿不出那么多正规教材的窘境。我们的日语课便是在这种情况下坚持了一年半的。除了老师每堂课带来他临时油印的一篇或半篇课文，我们平时用得最多的，是北京人民广播电台的《日语》广播教材。那套广播教材共有六册，据说长处在于基本语法讲得比较清楚，适合中国人学习，而那内容，也似乎只适合当时的中国人。我现在还能记得其中的一些课文，诸如北海旁边的北京图书馆上午几点开门，下午几点关门；进京的列车，总在黎明时分，响起"北京啊，北京"的雄伟旋律……学了半年的日语，还没有沾上一点日本的边儿，这学习的过程，不用说，是相当枯燥的。

1980 年代初，上海的一家出版社改编出版了原先由日本学研社出版的吉田弥寿夫的《新日本语》，但等我买到这书，已是在 1991 年，当年它的中文本已印到了七十万册。这本教材使很多中国学生感受到地道的日语风格，那毕竟是一个日本人写出来的话，还谈到了宗教文化和人情世故。从《新日本语》中，我也第一次看到高山寺的鸟兽戏画，看到京都演出歌舞伎的南座剧院，回想起来，那些简短的课文，对我日后选择访问京都大学，或许都起到过微妙的作用。不过这本教材的编写，显然是为了照顾欧美的学生，其中有一课叫作"日本人"的，就很明显地表示了这种偏向。课文的大意，是说日本人往往顾虑到谈话对方的立场，说话时总是避免直言不讳，譬如问："您不去吗？"那就是包含了对方不去的估计在内的。又譬如送礼的时候，要说："这是微不足道的。"请客的时候，要说："没有什么好东西吃。"言语之间，含有了日本人复杂的心情，可是这份体恤对方的复杂心理，却常常为外国人所不解。我读了这篇课文，想这里说的外国人，一定不包含中国人在内，因为在中国，像这样委婉、含蓄地谈话，也才被认为是得体的、有礼貌的。所谓"复杂的心情"，那完全是对西方人而言，换了中国人，这本来也就是顺理成章的事情。

到今天，日语的教科书早已添了无数，就我的书架上，数一数，也不下四五种，到书店去看的话，更是眼花缭乱。再有电视、VCD 的加盟，学习日语的条件，与二十年前相比简直不可同日而语。但就在多得让你无从选择的这些教材面前，我常常也还感到无法满足的遗憾，也许是过于强调了语言的学习和训练吧，琅琅上口的文字，引人入胜的篇章，在日语书里总是比较少见，从文体上说，是新闻体多，散文体少，从内容上说，是论说的性质强，抒情的味道弱，多少难以使人感受到日本文化的脉动和底蕴，也多少难以让人体会近代日语自身的风格魅力。这一点，听说和我们的英语教材就有些反差。前些年，当我得到筑摩书房出版的两册日本高中的《国语》教材时，这种感受更是强烈。

说到底，语言是一种符号，中国古人说"言为心声"，以个人来讲，语言是内心思想的表达，以群体社会来讲，语言的背后就是被称作"文化"的东西，因此学习一种外国语，与了解这个国家的文化是互为表里的。但说到对日本文化的态度，在中国，或仍可搬出周作人五十年前说过的老话："中国在他独殊的地位上特别有了解日本的必要与可能，但事实上却并不然，大家都轻蔑日本文化，以为古代是模仿中国，现代是模仿西洋的，不值得一看。"他说当年有中国人走在东京街上，看见店铺招牌的某字某体犹存唐代遗风，就感到一半是在异域，一半是在古昔。我想，今天的中国人自然是不会在那些不断发现的汉唐遗物中间，再做着怀旧的梦了，时间和战争早已将历史的情感记忆磨损了许多，今天的人，当他在银座找一间香浓滴滴的咖啡馆坐下，手捧外来语日见其多的报纸，看着窗外的车水人流，他的心里，多半是在赞叹日本"西化"的成功。但是，尽管一百年前和一百年后的中国人，所看到的日本景观可能并不相同，但这中间仍有共通的一点，那便是他们眼里看见的，恰都是别人落在日本的影子，而不是日本。

熟悉历史的人都知道，从一千多年以前，中国的史书上就开始记载有日本，可在相当长的时间里边，中国人对日本的了解实际上一直极为有限。甲午战争后的中国人倒是改变了天朝大国的态度，开始认真研究起日本来，但研究的结果，却又说是由于日本人领先一步学了西方，所以才跑在了中国前头，中国要想战而胜之，就得在"西化"的道路上奋起直追。就这样，尽管近代以来，给中国以最痛切教训的是日本，猛醒过后的中国却掉头拜了西方为师。于是，在漫长的"西化"即"现代化"之旅中，中国人不但逐渐接受了许多欧美的事物和文化，就连他们对日本的看法，也一同接受了过来。提到日本，恐怕无人不晓本尼迪克特的《菊与刀》和赖肖尔的《日本人》，它们在中国都有过不止一种译本，可要说到戴季陶的《日本论》，说到周作人写的有关日本的文字，大概就没有多少人知道，要说周作人曾经告诫我们说，西洋人看东洋总是浪漫的，他们的诋毁与赞叹都不甚可靠，那会更让人觉得不可思议。这种情形之下，我们的黑眼珠有时当然会蒙上一层蓝，会把原先很容易与日本沟通的那一部分文化背景置诸脑后，反过来怎么看自己地理上也是文化上的邻居，都觉得像隔雾观花，难以捉摸。有人甚至也在说他们彬彬有礼却又桀骜不驯，顽梗不化却又柔弱善变，说他们黩武却又爱美，忠贞却又易于叛变，保守却又欢迎新的生活方式，这些典型的西方式的语句，居然也顺溜跑到了中国人的嘴里。

不久前我还听到一个中国青年向日本来的先生提问，他的问题是日本人为什么喜欢自杀。日本是个自杀的国家，就是我们从西方人那里学到的观念之一。据说因为西方有反对自杀的宗教背景，所以西方人接触到日本佛教，得知佛教中并没有自杀禁令的时候，他们对这种"异端"的宗教文化真是大吃了一惊，吃惊之余，就难免生出无边的想象。碰巧近代的日本，又恰有芥川龙之介、太宰治、三岛由纪夫这几个知名作家的自杀，加上军人的乃木希典和神风特工队，在大众媒体的传播下，他们的死正好像"嫌疑犯"自投罗网，使日本人自杀的名声，从此有了滑不脱的真凭实据。尽管近来又有西方人根据统计，证明日本远非自杀率最高的国家，但一旦声名远播，要在短时间内彻底消除它，也不那么容易。何况在中国，认真追究日本文化真相的热情，从来就没那么高过。好在被提问的日本先生也熟知中国文学的底细，他回答青年说：在中国，也有一些文人自杀，古代有屈原，近代则有朱湘、老舍，我们能因此就说中国是个喜欢自杀的国家吗？

当然不能因此说那个中国青年无知，就连现在的日本，当他们描述自己的时候，也很少不掉进西方人的"话语"里去。这也难怪，至少从明治维新以来，日本已经习惯于与西方对话，为了获得西方人的理解，站到他们的立场上，有时也是势所必然的事情，也许正像那本《新日本语》中说的，这本来也是日本人的特征之一。问题是总将就人家的逻辑思想、说话，到后来会不会变得被人牵着鼻子走，把原来的自己丢掉了？有人说日本人出于狭隘的排外心理，喜欢把自己讲得怪怪的，显得万分神秘。要我看那倒并非简单的排外，有时候把它叫作"顺势"或更妥当：既然你看我异端，我就异端到底好了，反正这个世界上的强势语言是英语，如果再不显得异端一点，那我微弱的声音恐怕就要被彻底淹没了。

不过就在这种带有抵抗意味的对话过程中，弱势的一方也会无意间钻进强劲对手的"圈套"，我觉得像插花、茶道、俳句，甚至还有自杀，因此都被当作日本文化的某些标志，悬置在热烈的现实生活之外，被讲得太哲理、太玄妙，尤其当它们被介绍给外国人时。我有时会想，像"青蛙跳进古池，扑通"这样的俳句，固然是日本文学的精华，应当得到世人的赞叹，可是又有谁能否认那每天收音机里播出的，出自普通家庭主妇、中学生之手的俳句，就不真切感人呢？像能这种有着较长的历史和宗教背景的戏剧，固然很可体现日本文化独特的"幽玄"境界，可是又有谁能否认是开放的剧场和随意的观众，与舞台上的演出共同构造了一个特殊的氛围呢？日本人常说樱花是他们的国花，因为樱花的骤开骤谢，最合乎他们认为世事皆无常的心境。梶井基次郎的名作《樱花树下》，还记录过一个最绮绝幽艳的传说，说是烂漫的樱花树下，原来埋着动物和人的尸体，是尸体腐烂后流出的晶液滋养了樱花树，才使它结出美丽的花蕊、花瓣。可是又有谁能忽视，每逢阳春四月，越是花朵繁茂的树下，越会飘过烤肉的浓香、加上隔夜垃圾的气味呢？记得一百年前有位叫作文廷式的中国人，在神户和上野看过樱花后说，樱花的好看在于"每连植数千万株，花时如云，绵蔓十里，故无能与之匹者"，如果只有一两株栽在人家庭院，也不过如丁香、海棠，聊供赏玩，再若于深山野地偶植几株，则必不及空谷幽兰，芳香自远也。

文廷式的日记只代表了一个中国人的感想，不过这感想正是自然生发的。有日本朋友就对我说过，现在流行的关于樱花的很多说法，大半是近代以后才有的，它跟作为民族国家的日本在近代的精神文化建设有关。而这种精神文化的建设，有时是不免要以牺牲和压抑某些事物为代价，以突出另外一些事物的，有时还免不了有脱离真实和现实的虚构，这在任何国家也都一样。好比这几十年，外国人提起中国便想到京剧、武术，中国人也把它们当作"国粹"，可实际上京剧才有多少年的历史，练武术的又真有几人？听说最近的日本，很有些有心人关注"被遗忘的日本人"，研究处于边缘的文化现象，我觉得作为近邻，我们不可不注意到这一点。

有一种说法认为日本文化是一种"杂种文化"，好像春笋，剥来剥去，也剥不出什么芯来。即便如此，那"杂种"性，似乎也正是我们应该了解的，而越是杂种文化，恐怕也就越不能抽象为一两个概念。当然所谓文化问题，是不能指望在语言教科书中得到解决的，可如果通过学语言，同时获得一点文化信息，那不是"表里合一"了吗？我不知道这算不算奢望。

我自己是学了二十年的日语也没学出名堂的，现在倒不是想赖教科书，只是积历年之教训，深知教科书的重要。对于生活在中国的人来说，日语教科书是引导我们进入日本的第一道门槛，书编得怎样，实在不可小视。尤其许多人是在进大学后才开始学习日语的，那时，他们在语言上虽然如同咿呀学语的三岁小孩，但思想却已经开始成熟，通过日渐发达的各种媒体，也掌握了有关日本的一些知识，对于这样的学生，该教他们些什么呢？我想要编好适合中国学生的日语教材，既取决于中国方面的努力，日本方面的相关人士似乎也不该袖手旁观。

《背影》的消失和"革命"的预兆

1951年，距离那场史无前例的"革命"尚有十余年，可是"革命"的预兆已经显现。

这一年，江西省奉新县的一位中学教师，在他使用的人民教育出版社的初中第四册语文课本中，"发现了一篇很不好教的课文"，这篇不好教的课文，就是朱自清写于1920年代的散文《背影》。《背影》十几年前就被选进国文课本，算是久经考验过的经典语文教材，不过今年，当这位教师面对这篇并非不熟悉的课文，为其中浓厚的父子情谊又一次感动的时候，心里却也前所未有地涌出一阵不安。他将自己的满腹疑虑，语无伦次然而迅速地写成一篇稿子，投给了北京的《人民教育》杂志社。

这位教师写道：现在谁都明白，国家面临的三大政治任务是抗美援朝（参加军干校）、土地改革和镇压反革命，但我看《背影》与这三大政治任务之间，总好像有不可调解的矛盾。首先是《背影》着力描述的父爱，只不过是为人之父出于本能的感情，在今天的课堂上，如果继续表彰这一情感的可贵和伟大，引起学生对自己父亲"盲目的感动"，那又将置送子参军时的"那种具有崇高理想和鲜明目标"的父爱于何地？其次，就算挖空心思地发挥引申，也无法将《背影》里的父子之爱，提升到爱国主义上去，相反，由于"班上学生们的父亲三分之一是地主成分，有的学生的父亲且在大张旗鼓镇压反革命时受到了镇压"，在这种环境下讲父子情深，恐怕倒恰恰会勾起这部分学生"对人民祖国仇恨的情绪"。就算退一步，这位教师说，即使《背影》超阶级的思想情感，与目前的政治任务不相矛盾，但光就那三次感情脆弱和林黛玉式的下泪，也会给学生以"不健康"的感染，因为"在伟大的毛泽东时代，青少年的眼泪，只有欢笑的眼泪，胜利的眼泪，以及对万恶敌人忿恨的眼泪"。

　　1951年，新生的共和国正像那时人们形容的一轮初日，从旧时代的废墟上、也从国内外敌对势力的包围中升起。共和国以其未来美好的蓝图与暂时柔弱的处境，同时唤起人们憧憬与捍卫它的激情。国家立，人民才有安顿处，只有国家是唯一合理的存在，作为个体的任何一个人，都只能绝对服从于国家，这道理，经过反复不断的宣传教育，已经凝固成不可变更的铁的事实。而在国家至上的这样一个前提下，唯有爱国家，也才称得上是情感高尚、心理健康，至于人与人之间那种出于自然本性的爱，自然与此相悖，应当归之于"不健康"而须加以严厉杜绝。事实上，在不久前进行的镇压反革命的爱国主义运动当中，这种"爱"的逻辑就已经被"合法"地实践过了。人们被要求要有突破基于个人、基于亲缘关系的情感束缚的勇气，报刊上大力表扬的也正是大义灭亲的举动，学校当局则特别提醒学生，"不但要注意校园内的反革命分子，也要检举家庭里、院子里、亲戚朋友中或知道的人群中的反革命"。眼下的形势，奉新县的这位中学教师不可能不了然于心。政府不正在号召重编大中小学教材，以适应国家新的政治形势和经济建设的需要嘛。这位教师因此最后提问说：是语文书里本不该有这样的教材，还是我对《背影》的上述理解有什么错误？

国家绝对优于个人的意识，在教育部属下的《人民教育》杂志的编者头脑里，自然比在一个偏远地区的普通中学教师那里更加清晰，而对于教材的权威性及其示范作用的认识，《人民教育》的编者似乎也更加明确。杂志不但马上发表了奉新县这位政治敏感度不可谓不高的中学语文教师的来稿，而且加了"编者按"表示：《背影》正是表现小资产阶级不健康的感情的，在现在实在没有选作教材的必要，语文课本中是不应该有它的地位的。

《背影》的问题一旦提起，立即引起各地中学语文教师的兴趣，《人民教育》似乎也很愿意借这个话题来梳理人们的看法，不久就又刊登了来自浙江、河北、安徽、湖南、北京等地的几封参与讨论的信。也许是建国之初，身居异地的中学教师们对于时代空气的感受，还达不到那么的均衡一律，而掌握在中央机关手中的言论空间，也还没有变得那么狭窄（或者说不愿意显得那么狭窄），从这些经过选择后发表的来信可以看到，除了《背影》描写的是一种"不健康的私情"的观点差不多得到普遍认同之外，一些教师在对《背影》的评价、对它能否继续用为教材上，意见还是大呈分歧，相当多的人完全没有接受"编者按"的提示。例如有人就说，《背影》是新文学运动的结晶，它至少是一篇文学技巧很高的好文章，而对它的感伤而颓废的不健康感情，正可以通过批判的态度，来反衬"只有在合理的社会中，才能产生健康的父爱"的思想。也有人指出，就现行教材的编排来看，《背影》的前一课是朱德的《母亲的回忆》，后一课是《辽尼亚和他的祖母》，三篇课文放在一起，正"好像把一个盆栽放在大森林的边沿去对比"，自然衬出了《背影》的"贫弱而不健康"，说明《背影》式的小市民的哀愁和眼泪是没有出路的，说明"爱"是要有"原则性"的，而我们的青年都必须像朱德说的那样，"我用什么方法来报答母亲的深恩呢？我将继续尽忠于我们的民族和人民，尽忠于我们的民族和人民的希望——中国共产党"。来自奉新县同一所中学的另外一位教师的信，除去对自己同事将在学校和教研组里隐而不发的意见捅到杂志上有些抱怨之外，还提出了更深的疑问，这疑问是，如果像《背影》这样的新文学的代表作品都要摈弃，那么以后编写教材，还怎么处理祖国的文学遗产？像以宝玉黛玉为主角的《红楼梦》，以妖魔鬼怪变化多端为表现形式的《西游记》，像柳宗元的《永州八记》、黄宗羲的《原君》——
照这一思路分析下去，不就都要被束之高阁了么？

不过北京女一中的一位教师的来信，倒是表现了比其
他人更高的政治觉悟。这位北京教师在篇幅很短的信中，
引人注目地援用了毛泽东在延安文艺座谈会上的讲话，根
据毛的话，得出"将文字的写作技巧与它的思想性割裂来
看"是很"不妥当"的结论，由此又自然延伸出对《背影》
的否定性评价。北京教师在来信中，很是说了些高屋建瓴
的话："朱自清的散文在新文学的发展过程中是起过一定的
作用的，他的《背影》在过去一般小资产阶级知识分子中
也曾传诵一时，有过相当的影响。但在今天来说已经失掉
意义了。"由于这个原因，它完全不再适合作初中语文
教材。

《背影》以及可由《背影》推想下去的一些传统文学作
品，究竟有没有资格进入到新中国的教材系统当中？尽管
亲执教鞭的中学语文教师们还各有说辞，象征着中央政府
权力的《人民教育》可是已经做好了定论。就在以切分的
版面排出的这些来信的最前边，杂志社安排了自己的一篇
长文——《对〈背影〉的意见》，不仅利用版式上的变化，

强调了自己的权威性，而且口吻、态度也都十分强硬。文中涉及到《背影》的评价，已经很不客气，而对它能否继续用作教材，则似乎更加不存在商量的余地，因为"宣扬父子间的私爱和充满了小资产阶级感伤主义的情绪的"《背影》，"在历史上已经起了腐蚀青年的作用，在新的历史时期，是决不能再有它散布'秋天的调子'的地盘的——当作语文课本的范文"。这篇长文还特别强调了语文教学中的思想教育功能，认定对于思想尚未成熟的初中生来说，语文课的教学，"并不是要他们专门来研究文学，而是要通过范文来培养他们的革命的人生观，培养他们的文学兴趣，学习别人表达思想感情的方法"的，言下之意，课文的遴选必要以政治思想为第一标准。文章坚持要把《背影》放逐于课堂之外，所举证的实例，便是陕甘宁边区中等学校的语文课本中，就没有《背影》的影子，"却仍然使学生深刻地认识了什么是伟大的爱"。

1951年，那一年发生过许多更大更重要的事情，有关《背影》的讨论在当时是那么的不起眼，在后人写作那一段历史时，也可能仍然是微不足道的，但是，只要人们不忘记发生在1960年代的那场流过血的"革命"，不忘记"革命"当中几乎无处不见的那些违逆亲情、违逆人情的做法，就不妨回过头去，重新审视一下曾经教育和影响过不止一代人的那些教材，《背影》的消失，是否正是"革命"的一种预兆呢？

文学史：一个时代的记忆

　　也就是最近二三十年吧，时常听人断言：如今不是个体而是集体书写历史的时代，不是通才而是专家大行其道的时代。文学史这一领域的流行做法，也和其他学科一样，多是聚合起各时代各专题的学者专家，请他们分头著述发挥其所长，然后汇集成一大通史、一大项目。这样一种操作办法，据说既可体现民主社会人人平等的原则，又赶得上现时代专业分工越来越精细的潮流。它不是很像大工业的生产方式吗？零部件的加工制造可以放到世界上任一个角落，由小型的专门企业负责，最后一组装，依然是一尖端的名牌产品。而当学术生产也为这种拼装之风所笼罩时，自然而然地，人们就把做一名好专家当成了理想中的最高学术境界，当成了衡量一个人专业水平的关键性指标，这时候，倘若有人宣称自己的理想为"究天人之际，通古今之变，成一家之言"，恐怕是难逃"狂妄"、"空疏不学"之讥的，就算司马迁活在今日，他大概也只敢去写一部"断代"的《史记》。

这一股潮流当然是空穴来风，它和文学史学科力求科学化的现代发展方向有关，也和最近几十年来文学史研究的实际状况有关。自从梁启超、胡适那一辈学者在20世纪初吸收西方理论，以大胆批评的作风截断传统文学史的讲述方式，创造出新的、沿用至今的文学史著述体例及研究范式以来，不要说以胡适《白话文学史》、刘大杰《中国文学发展史》、游国恩等《中国文学史》（高校版）、余冠英等《中国文学史》（社科院版）为代表的新式文学通史已经出版了成百上千部，以断代、区域、流派、体裁、作家作品为题的文学史研究蔚为风气，著作更是多得数不胜数。日积月累，终于汇聚了无可估量的业绩，使得在此之后的每一个研究者，面对如此高速增长的庞大的学术信息，都不免望而却步，退避三舍，只能心甘情愿地自居一隅——即使只涉足某一时代、某一作家，先要把海内外的研究史调查清楚，包括掌握相关的文献资料，了解已有的论述考辨，就要花费不知几多精力几多时间。何况中国文学有着几千年的历史，朝代更迭，南北分合，文集如瀚海，作家如星辰，要探源溯流，要条分缕析，要字字有来历，谈何容易！在这样一个时代，汇聚了专家集体智慧的文学史，无论在知识的可靠性上，还是在论述的代表性上，当然都有其优势。

可是，毕竟需要个人的、高度个性化的文学史。在那么多集体编写的文学史中，尤其是当游国恩和余冠英等人编写的那两种高水平的文学史面世之后，刘大杰的《中国文学发展史》仍然一枝独秀，便是一个好的证明。因为文学史并不只是对于过往作家作品的简单记录，它不是"录鬼簿"，不能等同于词典和百科全书上的条目，也不等于二十年前风靡一时的鉴赏类的书籍辞典。文学史的最重要的任务，还在于它要讲述一个文学传统，也就是说明文学"从哪里来，到哪里去"的问题。在这一点上，文学史和其他各门类的历史一样，既是历史，也是当代史。它是一种历史的回忆，而回忆总是主观的、经过选择的，有独特的理念，有自己的主张，有情绪有色彩，有时还免不了皮里阳秋、含沙射影、指桑骂槐，单靠集思广义、群策群力，单靠知识的准确、论述的稳妥，恐怕都难以满足文学史的这一要求。

1996年，复旦大学出版社出版了由章培恒、骆玉明先生主编的三卷本《中国文学史》（以下简称"章著"），从编写的过程来看，这可以说是一部成于众手的著作，据说自发凡起例到正式出版，它的写作和修订的时间差不多是整整十年，不过从结果来看，也可以说它是一部比较有个性的文学史。之所以称它较有个性，倒不仅仅是因为这部文学史的作者原本抱着"离经叛道"的想法而来，更要紧的，是它的主编者之一章培恒先生始终坚持要在这部文学史中突出一条主线。在他亲自执笔的《导论》里面，这个主线清晰而又固执，以至于产生了一个预先不曾料到的效果，有些读者发现这篇《导论》和后面叙说文学史的章节多少有些游离，给人空中楼阁的感觉。

也许正是这种意外的效果，让主持其事的章先生在出版了三卷本的文学史之后，反而感到欲罢不能，有了一种要使《导论》与文学史叙述之间的缝隙尽快得到弥合的冲动。他因此马不停蹄地开始了新一轮的调整和修改，断断续续推出新的一版来，据说这新一版的《中国文学史新著》有望在最近全部正式出版。

我有幸先睹为快。从序言中可以看到，这仍然是一部多人合作的文学史，但是它的个性色彩比起1996年版却又强了许多。一方面，这固然是由于在随后的修订中，章先生本人付出了大量的精力和劳动，而参与修订的学者不像1996年版的作者来源颇杂，他们大多是章先生的弟子，他们的表述有可能更接近章先生的意图。另一方面，也是由于在这一次的修订中，章先生明确提出了要从中国文学古今演变的角度来探求文学史发展的内在联系的宗旨。

"中国文学古今演变"是章先生在复旦大学古籍所建设推动的一个新的专业，这个专业的设置，大概旨在打破中文系历来实行的古今分治的学科布局，努力培养学生的贯通意识。可是，怎么样来沟通古今、怎么样来看待中国文学从古到今的演变？在这个问题上，可能会有不同的解决方案。章先生认为："如果我们要勾勒一条文学发展的线索的话，就必须要有一个坐标。"他把这个坐标定在现代文学，"也就是从现代出发，去追溯这一切在历史上是怎样积累而成的"。选取现代文学为一个明确的坐标，不仅可以解决文学史需要系统、完整地叙述的问题，从现代出发去看古代，也恰好有利于解决文学史的一个核心问题，即我们的文学是"从哪里来"的问题。

而以现代文学为坐标，也就决定了文学史的叙述包括它对古代作家作品的评价和去取，必然要以现代人的道德情感和审美观念为准绳，当然，就有现代人的感受与古代人或者相通或者龃龉的问题。文学史上有许多复杂的现象，章先生讲过这样一个例子：《水浒传》中有个情节，讲的是潘巧云因有外遇而被丈夫杨雄杀害，这个情节后来还被搬到京剧《翠屏山》里。他说，《水浒传》传世已久，这一段不被删去说明历来的读者都不反感，《翠屏山》在解放前也是较受欢迎的剧目之一，可是今天我们看到它们，却是无论如何体会不出其中的美感，相反只觉得它们反映出来的人性是那么的不道德、那么的丑恶。那么，应该怎样解释这两部作品在不同时代引起的如此悬殊的情感反应？章先生告诉我们：这是因为既存在着一般的人性，又存在着不同历史阶段变化着的、具体的人性，当具体的历史环境消失，作品表达的感情也就不能引起读者共鸣。

这一解释，涉及到这部文学史的一个重要论述，那就是文学与人性的关系问题。

章著1996年版便是以阐发"文学中的人性发展"为其特色的，作者在《导论》中指出，古代的一些文学作品之所以能够打动现代读者，引起现代人的审美反应，那是因为在古代作家和现代读者之间，存在着"以人性为基础的共同点"。所以，我们研究古代文学，就必须按照马克思在《资本论》中的提示，"首先要研究人的一般本性"。此外，由于"人的一般本性"在社会发展的不同阶段或在人处于不同阶级的时候，会有不同的表现，使得某些古代文学作品照旧令现代人感动，而某些作品却不能为现代读者接受，因此，我们还要学会"研究每个时代历史地发生了变化的人的本性"。

发表于1996年的这些文字，在当时被人誉为"石破天惊"，因为将人性的问题带到文学史尤其是古代文学史里，据说这是第一次。相隔十年多一点，当我再次翻开这篇《导论》，不由得从心底里叹息："逝者如斯夫！"时光原来比水流还要迅疾！也许是杞人忧天，可我还是禁不住有一点儿担心：现在的读者是否还能够掂量得出这篇《导论》的分量？现在的学生又能否读懂其中关于文学与人性问题的阐述？20世纪过去已久，种种现代、后现代的思想和文学理论也如潮涨潮落，一波波地涌来，一波波地退去，"人性论"裹挟在其中，也早已消失得无影无踪。事实上为了重读这篇《导论》，我也是从资料室里搬出了不少旧杂志，包括1979年前后的《上海文学》、《人民文学》、《文艺研究》等，我甚至还在往返京沪的列车上通宵达旦地看完了王蒙的自传《大块人生》。我是靠了这样的温故，才慢慢地重新回到那段历史的。那段我亲历过的历史，仅仅才过去了四分之一世纪，竟然变得如此遥远和陌生！

之所以回到1979年，是因为在此前一年的冬天，中国共产党召开了十一届三中全会，宣布了一个时代的结束，借用王蒙自传里的话："几个月以前，几个星期以前，还没有什么人会大胆设想二十年的一次又一次的大批判就这样土崩瓦解，云消雾散。"这是一个新的开始。《上海文学》在1979年的第四期上发表了题为《为文艺正名——驳"文艺是阶级斗争的工具"说》的文章，这篇署名本刊评论员的文章，与今天文艺界往往喜欢讨论是要商业娱乐还是要艺术很不一样，它针对的是"文革"刚过，文学创作尚不能走出"文革"阴影、害怕动辄得咎、束手束脚的状况。文章认为，文艺界之所以如此压抑，关键是由于人们还停留在"文艺是阶级斗争的工具"的认识阶段，而这种将文艺等同于政治的观念，实际上是一种取消了文艺的文艺观，所以，它才要"为文艺正名"。它提醒人们：作为人类认识和反映世界的一种方式，文艺应该有它自己的特点，应该用具有"审美意义"的形象去反映社会生活。

时过境迁，恰如一石激起千层浪的这篇在当年影响甚大的文艺评论，如今读来已毫不足奇，它的用语、它的腔调，或许还会让人感到那么一点点隔夜陈茶的味道，然而，经历过那一段历史的人大概都不会忘记，为文艺"正名"，在当时实在是一件多么急迫、值得大动干戈的事情！文艺亟须同政治脱钩，那是因为多少年来，有人只记得住文艺的政治功能与阶级属性，却从来不肯承认它也有别的功能比如娱乐的功能，从来不肯承认它还有别的属性比如人性。而数十年来占据文艺界主流的一个看法也是认为，在阶级社会里，文艺不过是社会各阶级意识形态的形象化的表现，作家是一定阶级的喉舌和耳目，作家的写作只会为其所属阶级服务，即使像古代的山水诗，那里头也并非没有阶级斗争的内容。

在随之而来的涉及范围与影响都更大的关于"人性和人道主义"问题的讨论中，让人印象深刻的还有比如朱光潜先生、王元化先生的文章。朱光潜在《关于人性、人道主义、人情味和共同美问题》的文章中，明确提到文艺创作应当冲破的第一个禁区，就是"人性论"的禁区。他说，由于太相信人一旦有了阶级性就会失去人性或说人性不起作用，多年来凡讲人性，都会被扣上否定阶级观点的帽子，望"人性论"而生畏的作家，因此也就放弃了对于人性的深刻描写和忠实描绘。他还提到文学史，"特别在流行的文学史课本中说某个作家的出发点是人性论，就是对他判了刑，至少是嫌他美中不足"。在谈到与人性相关的人道主义、人情味及共同美感的时候，他又指出："无论在中国还是在外国，最富于人情味的主题莫过于爱情。自从否定了人情味，细腻深刻的爱情描绘就很难见到了。"王元化在《人性札记》的文章中，则是根据马、恩的相关论述，对于什么叫"人的一般本性"、什么叫"历史地发生变化了的人的本性"作了极有条理的、明白的定义。他举《阿Q正传》为例说：阿 Q 在违反人性的生活条件下形成的性格及其近乎昏睡的麻木，可以说是"历史地发生变化了的人性"，而他临死前认真地画圆圈，想要在画圆圈的动作中"实现自己"，便是"在非人环境中流露出来的人性态度"。

"文学的阶级性"、"党性"，现在听来都如天方夜谭，就连与之对立的"文学的人性"云云，也早在眼下的文学艺术以及一切传媒中销声匿迹，音影全无。1970 年代末以来的一场又一场激烈到火爆的论辩与争战，如今已如浮云一般飘散流失，文学与政治的夹缠不清的噩梦结束了，有没有市场，能不能赚钱，成了眼下文艺界面临的一个生死攸关的大问题。但是恰如许多人都清楚看到的，历史在人们的记忆中不会轻而易举地消逝，尤其是那样一段左右摇摆、风波迭起的曲折的历史。谁有资格让那些饱尝精神乃至于皮肉之苦的人们彻底忘掉每每起于文艺论争的那一次次政治风暴？谁又有理由叫他们在回顾往事时心如止水、无动于衷？

读着这篇文学史《导论》，倒退三十年，我又好像置身于"文革"后的那场最初的思想解放也是思想启蒙的运动当中，那是并无多少阅历的我亲身经验过的一段历史。可是，我知道至少还要往前再推三十年，因为章先生多次谈到他对于文学和人性的关系的思考是与1950年代的胡风有关。三十年再加三十年，对于章先生来说，那又该是一段怎样沉痛的难以述说的记忆！也许历史无法重现、历史不能追忆，也许更不应该要求每一位读者都在自己心里预先建立起一座相关历史的博物馆，不过有多少艰苦多少心酸，便会有多少人生的感慨与思考，在章先生的文学史特别是他撰写的《导论》中，是不是也就凝结着这样一种沉重的人生感慨与思考呢？文学史负载的从来都不只是单纯的历史或文学知识，它还是一个时代的镜像，是一种纪念、一个挥之不去的记忆。

如果不是这样去看的话，大概就很难理解章先生为什么一而再、再而三地修订他们的文学史。在新的《增订本序》里，章先生还忍不住捎带着对近年兴起的"传统文化热"做出了回应，他说，有些研究者将中国现代文学视为西方文化影响下的产物，甚至是中国文化传统断裂的结果，既是断裂，自须重新衔接起来。但若据本书的描述，"中国文学从上古至近世的整个演进过程原是必然要导致这种追求'人性的解放'的文学的形成的，西方文化的影响只是加速了它的出现而已"。

如果不是这样去看的话，大概也很难理解章著中对不少文学作品所作精彩独到、不落俗套的解读。比如它盛赞司马迁的外孙杨恽在免官为庶人后写的《报孙会宗书》，认为其中充满了桀骜不驯之气，在专制独裁的统治下，书中说，本来"皇帝处分了谁，谁就必须只能承认自己是犯了与这种处分相应甚或更重的罪，从而在受处分后，也就理当在家里闭门思过，感谢皇帝对自己的宽大，装出一副既惶恐又感恩的可怜的样子"，但是杨恽不肯，他在这封信中为自己做的辩护，便是对于专制独裁统治下的这一信条的挑战。又比如章著称赞徐渭《严先生祠》中的诗句："一加帝腹浑闲事，何用旁人说到今。"认为诗人对严子陵的赞美即是自己人生的写照：一个普通人不必在皇帝面前自认矮人一等。说诗人生活在封建秩序十分稳固的所谓盛世，所谓"寸规不可越"，遭受到的束缚和压抑也就更为残酷，所以诗人的内心始终渴望像苍鹰那样飞翔、搏击。

与最近出版的许多文学史书都不一样，新版章著中的一些片断几乎可以当成文学作品来读，那是不是其中融入了编写者个人的生活经验和情感的缘故？例如在讲到阮籍由于人生态度与众不同而深感寂寞孤独时，章著选出阮籍《咏怀诗》之"独坐高堂上"一首，作了一段长长的分析，我一口气读完这一节，几乎屏住了呼吸。在今天这样一个和谐时代，我止不住暗中猜想，究竟还会有多少人去分享阮籍那样的寂寞与孤独？我有很深的疑虑。

回到文学

小说家王安忆在复旦大学开了一学期课，讲"小说到底是什么"。这一学期课的讲稿现在变成一册书，书名取作《心灵世界》。前年（1996），我在《上海文学》等杂志上偶然读到这本书的部分章节，那时候它们便引起我的注意，我有些好奇，作为一个小说家，她怎样在课堂上讲小说？

之所以有这个兴趣，是因为长久以来，从事文学这一职业的，基本上分成了两摊子人，一摊子专管写，俗话叫创作，一摊子专管评，又号称研究，而在大学里，由于有"不为培养诗人小说家，只为培养文学研究者"的明确口号，不用说，更是加深了研究者与创作者之间的隔膜。今日大学的讲坛，已经很少有具备创作经验的教师了，而按照现有的教科书和教学方式，说得严重一点，文学在我们的课堂上正在日益失去它的文学性——或者抽象为高深莫测然而枯燥教条的理论，或者沦落为适于记诵然而形同衣冠的知识。无论中外，无论古今，无论什么样的作品，课堂上听到的，似乎永远都是那一套以不变应万变的老话，那几刀不见肉也不见血的标准化切割，那几条颠扑不破不说也罢的规律，和那几句不痛不痒的官话。板起面孔教训的，虚情假意敷衍的，洋洋洒洒一大篇看到底却没有一句着实的，想方设法取悦于人而出语低俗格调卑下的，不但在课堂上，就是在专门的文学评论、文学研究的文章里，甚至在以文学鉴赏为名目的出版物中，都可以不费力气地找到。我们好像越来越丧失了阅读文学的能力，在那些活泼生动、变化万端的文学作品面前，我们好像感觉迟钝而又心力衰竭，苍白单调的理论和千篇一律的说辞，麻木了我们柔软和富于弹性的文学触觉，更可畏惧的是，在某一种绝对理性的支配下，我们不知不觉地站到了文学的对面。

　　说到底，我自己也是在这样的语境里边，养成了所谓文学研究的习惯，并且日复一日不由得不跟着惯性走的，这自然使我对王安忆的讲稿抱了一种期望。恰好被王安忆选中的小说，都是比较为人熟知特别是为我这一代人熟知的，像《心灵史》，像《复活》，像《呼啸山庄》和《百年孤独》等。这给阅读带来了很多方便，事实上也正由于对这些小说的熟悉，使我很快意识到作为小说家的王安忆，到底是有点不同凡响。给我印象最深的是，她并不从通行的文学概念入手，也不遵照早被人视之为当然的分析逻辑，她是先用自己个人化的感觉，触及将要进入分析视野的小说，只在自己的感性光照之下，沿着那些小说的肌里，耐心地将它们剥笋般地剥开来，一层层剥到芯里边。当然，她那支特别擅长写故事写人物写场面，总能曲尽其妙的小说家的笔，也恰到好处地帮助了她的感性的延伸。往往那些被分析的小说，在她的解说过程中，又被还原成为一个小说，借用她在讲稿里解释现实世界与小说世界的关系时最喜欢打的一个比方，便可以说是当她把人家小说的房子拆成砖，顺手就再砌了一座小说的房子。以这样的方式教学——虽然我不知道王安忆实际上是不是这样讲、讲课的效果又如何——等于是把小说原汁原味地送给了学生，我想，它的好处至少是不会让学生读小说读到最后，只拣到思想纲要或索隐系年一般的硬骨头。

王安忆也许还不能满足我们文学课堂上所有的需要，但这不妨碍她给我们以聪明的启示，现在，当我看过这些讲稿的全部，又进一步了解到原先所感觉到的王安忆的那种独特的感性，其实也是有她自己的理性为根基的。她在第一讲中就告诉我们，文学绝不是我们生活的这个世界的反映或翻版，文学是一种独立的存在。这是她的很强的一个理念，整整十三讲，每一讲都是在强调亦可以说是在精心地围绕着这一点。她说，小说是描述心灵世界的，这才是文学的本质，我相信，她这样规定文学的本质，这样强调小说的脱现实性，是有她的道理的，因为有道理，也不怕轮到别人的时候，再给文学下出一个别的定义来。如果没有猜错的话，我以为王安忆特别看重的是，第一，她要尽可能瓦解文学是意识形态工具的观念，第二，她要瓦解小说的集体话语意识。这就是她的道理所在，是这十三篇讲稿的核心，而我也以为恰是在今天，她的这一想法真正地切中了要害。

　　所以，我特别赞同她在第一讲里所做的，在给小说以明确的定义之前，从"小说不是什么"讲起。我有一种感觉，对应于现在的文学教学和文学评论及研究状况，把小说定义为什么，或者说把文学定义为什么，也许还不是那么迫切需要做的事，就像沈约当年以八病的形式，从反面对诗歌加以声律上的限制一样，它相对的宽松程度和包容性，对于诗歌本身来说，比之后来严格的唐律，未必就不好。肯定固然重要，可是否定却更能够促人反思，尤其当文学已经非常的意识形态化、非常的体制化的时候，以一种瓦解的姿态，首先令文学重新回到文学的位置，令人们对于文学的感性得以恢复，得以自然蓬勃地生长，大概正是必须要经过的步骤。

今夜客不再来

那一晚，点了满桌子的菜，杯盘交错，箸起箸落，透着一股久已不见的豪气，在台北初冬略有点清寒的夜色里，更带了些让人浑然不觉身是客的暖意。返回北京，读到三联继《肚大能容》后为逯耀东先生新出版的《寒夜客来》，竟又仿佛重新回到台北那间饭店大大的圆台边上，香烟缭绕之中，依稀是逯先生的面容。

逯先生的爱吃，早已名闻远近。初次见面，他的吃兴和胃口就叫我们这些做晚辈的惊得发呆，自愧弗如，而每每看到他用一支生花妙笔，竟把自己爱吃的表情也写得那么出神入化，愈到晚年，笔力愈发强健，更是让我们称羡不已。我常想，逯先生的文章写得好，不管散文、小说还是论文，都能写得那么好看，让人爱不释手，是不是和他说的"自幼嘴馋，及长更甚"有关，味不分南北，食不论精粗，肚大能容，于是养得才情充沛、文气浩然？

《寒夜客来》有许多描写逯先生贪吃以及吃相的文字。有一年，他跟着太太的画画团上黄山，一路上伙食不佳，让他失情丧绪，就连名扬四海的迎客松，他看了，也抱怨远不如画中像中漂亮。直到当晚在玉屏山庄住下，眼见得一盘炒得黑黑的菜端上桌，"下箸一尝，精神大振"，原来是高山野生的石鸡，连忙请掌厨的师傅再上两盘，这才觉得这次黄山没有白来。

逯先生夫妇第一次回上海，去逛城隍庙，根据事先依食谱和餐馆小吃资料准备好的功课，先从南翔小笼包店的包子吃起，再去滨湖点心铺吃一碗葱油开洋面，然后转到上海老饭店，点了虾子大乌参、清炒虾仁、椒盐排骨、炒刀豆、红烧大桂花鱼、莼菜三丝汤、清味子虾，外加黄啤酒两支、白饭四两，是为这一天中午的正餐。《寒夜客来》的编辑孙晓林和我聊天，说她看见书里常常写着这样的食谱，就奇怪逯先生怎么能吃得下那么多去。

我想逯先生也许会说，他的好胃口其实是被撑出来的。住在学校的招待所，只因为餐厅饭菜的分量太足，几天下来，都能把胃撑大，后来去了别处，晚上就要买两个茶叶蛋备着，何况海峡两岸，山海云游，隔三岔五总能碰到好吃的东西，只会迫不及待，哪有轻轻放过的道理。他写回到苏州的那些日子，往往就遇着这样的情形。就说那天从陆稿荐买了一块酱汁肉，看它"色呈桃红，晶莹可喜，鲜甜肥腴，入口即化，宜酒宜饭"的样子，忍不住出门便往嘴里一塞。那时，他写道："太太站在店外等我，见我这副吃相就说：'你看，你看，哪像个教书的。'"

苏州是逯先生少年时代生活过的地方，他笔下的苏州朱鸿兴的大肉面，是我见到过的最鲜美的面条：

那的确是一碗很美的面，褐色的汤中，浮着丝丝银白色的面条，面的四周飘着青白相间的蒜花，面上覆盖着一块寸多厚的半肥瘦的焖肉。肉已冻凝，红白相间，层次分明。吃时先将肉翻到面下面，让肉在热汤里泡着。等面吃完，肥肉已经化尽在汤里，和汤喝下，汤腴腴的咸里带甜。然后再舔舔嘴唇，把碗交还，走到廊外，太阳已爬过古老的屋脊，照在街道上颗颗光亮的鹅卵石上。这真是一个美好又暖和的冬天早晨。

二

逯先生爱吃，吃得有点来者不拒。火车上的两块钱盒饭，他能吃得干干净净，上海小菜场的馄饨和生煎馒头、南京玄武湖畔的刮凉粉、台北街头公园的烤番薯，都能让他食指大动，不尝不快。

这些普通的街道小吃、路边摊，也有历史悠久的，也有出身高贵的，逯先生形容它们好似"旧时王谢堂前燕，飞入寻常百姓家"。拿西安的小吃来说，它有一味令儿时住过西安的逯师母魂牵梦绕的早点甑糕，便是从《周礼》时代就有的，至今蒸甑糕的甑，据说还保持了战国铁甑的形式。西安的羊肉泡馍也由来已久，那羊肉羹，早在苏轼的诗里已经出现："陇馈有熊腊，秦烹惟羊羹。"还有夏天西安人吃的穰皮子，是从唐代的"槐叶冷淘"而来，杜甫就有《槐叶冷淘》一诗，写他自制的这种"经齿冷于雪"的槐汁凉面。而西安街上如今到处推车售卖的腊羊肉，它的香味四溢，传说让当年的慈禧都闻香止辇。

杭州的宋嫂鱼羹，曾经宋高宗品鉴，苏州的鸭血糯，便是《红楼梦》里的胭脂米，东北人冬天爱吃的血肠、酸白菜火锅，那血肠和白肉，都是信奉萨满教的满洲人曾经在祭祀时用的。记得逯先生在《肚大能容》里就写到他这些年在大陆走动，每至一处，都喜欢逛菜市场。当日读书至此，便不禁莞尔，尽管那时还无缘得见逯先生，但忽然间隔膜全消，因为这个习惯，恰好我们也有。可是他说，"逛菜市不仅可以了解当地人民实际的生活情况，而且在菜市旁边还有当地的道地小吃"。虽然前者也正是我们的兴趣所在，不过看了后一句，才让我们领教到一个"老饕"兼历史学者的厉害。

认识逯先生，是从读他的历史著作《从平城到洛阳》、《魏晋史学的思想与社会基础》开始，后来慢慢读到他的武侠小说、学术随笔，对于这样一位能将业已消逝的过往写得活灵活现，也能将日常身边事物的原委娓娓道来，既有精准的专业知识又有深切的现实关怀、既活在历史又活在当下的历史学家，敬佩之余，总有一份难以言传的感动。

逯先生称自己为饮食文化工作者，和一般的美食家不同，他在台湾大学讲"中国饮食文化史"，开宗明义，就交代不仅要品尝现实的饮食，还要将饮食与人民的生活习惯、历史的源流和社会文化的变迁结合成为一体。《寒夜客来》有一篇介绍中国第一本食谱即北魏崔浩撰作《崔氏食经》的文章，不长的篇幅，却把饮食与传统农学和医学、儒家和道家思想的关系，把食谱中表现的中古时期的士民生活，把反映在饮食习惯里的家族制度和文化传统，讲得清晰扼要、深入浅出，既有学理又充满了趣味，不知是不是逯先生讲"中国饮食文化史"课用的讲稿？那是典型的大家所写小文。

　　听过逯先生课的人，都称赞他的课上得比文章还要吸引人。他有学生这样为老师写生：

　　　那汉子爱用慷慨语调/说些江湖往事/说英雄们如何提剑三尺，如何两肋插刀/但，也说些儿/儿女柔情，家中琐事/谁教他已弃剑/谁教他要把流浪的鞋子收起/把征战的云旗卖与邻家换酒（林富士《素描——教室印象》）

可惜我们再没有机会聆听，就像再也无法在北京张饮，招待逯先生。

三

我手头保存有去年11月的一张台湾报纸，上面登着逯先生写的《饮食境界》一文，就是现在《寒夜客来》的代序。那天在埔里山上手执这张报纸，读到他说现在回苏州，感觉最令人难堪的是姑苏传统老店菜单上竟出现毛血旺一味，"没想到这些年川味四下流窜，甚是霸道。姑苏菜肴出现麻辣偏咸，以往的格调尽失"，对着青山蓝天白云，禁不住替他好一阵惆怅。

逯先生喜欢闲步市井，四下觅食，可他讲究的偏偏是吃的境界："所谓饮食境界，是由环境、气氛和心境形成的饮食趣味和品味。"他举出的例子当中，有一首宋人杜耒的《寒夜》诗："寒夜客来茶当酒，竹炉汤沸火初红。"逯先生爱茶也爱酒，他爱的更是这样一种与贵贱、精粗无关的境界。而"寒夜客来"的书名，也即由此而来。他另外还有一篇《吸烟室怀想》，那应该是天下烟民们绝好的代言。其中写他年少时初次吸烟的经验："我接过烟缓缓地吸一口，喷出的烟雾，在昏黄的灯光下沉浮，似已身陷在另一个江湖中了。"仅此一句，我想大概就会动员所有不吸烟的人从此对香烟刮目相看，从此视烟民如兄弟。

逯先生在台湾大学历史系和香港中文大学历史系相继任教，他的学问，不是我能够随便议论的，但我可以说的，是他的文章包括学术著作都写得极其好看，字里行间涌动的那样一种特别的情绪和气氛，引人入胜。年轻时，逯先生也写过小说，我看过他的一本武侠小说《那汉子》，那种悲凉的意境和深情的笔墨，给我留下很深的印象。后来读他的其他散文随笔、学术论著，总觉得飘摇在江湖之上的"那汉子"饱经风霜的沧桑之感，就像一段怎么也抹不掉的低沉旋律，时时回荡在那些文字中间。《寒夜客来》里，也听得到这样的乐音。

逯先生少年时渡海到台湾，数十年后才返回大陆。不知道是不是这一曲折经历的印记在他心底刻烙得太深，或者是他研究的魏晋南北朝这段离乱纷纭的历史，也加重了他对世事的敏感。我读他写在京都留学时，反而觉得和陶渊明贴得很近："因为我不仅漂泊在异国，也漂泊在乱世。而不论什么时代的乱世，那种漂泊的感受总是相同的。"读他探访苏州旧宅时的感喟："在这个我曾经生活过亲切又熟悉的城里，我竟是个外来的陌生人了"，"我读过也讲过太多历史的悲怆，现在却真的体会到了"。总是免不了一次次的为他伤感，莫非能够抚慰逯先生的，最终，真的唯有台北石碇山谷里的那一杯滚烫的青茶？

今天是逯先生在台北的公祭日，半夜里，北京就刮起大风，卷着漫漫黄沙。翻开逯先生的书，恰巧是《饮食境界》的结尾：

　　那年下中州，又去长安，晚饭后独自驱往夜市，唤了些酒肉，慢慢啜饮起来，突然邻座有歌声唱起，那汉子嗓音高亢而凄婉，棚里吵杂声顿时静下来。探头棚外，一阵风来，浮云掩皓月，月色朦朦。回首棚内，客人渐渐散去，夜已深沉。我又续了一杯啤酒，深深饮了一口，真不知自己是过客，还是夜归人了。

掩卷朝向玻璃窗外浑浊的天空望去，想到不知今夜客归何处，好久好久，我们默然无语。

成一家之言

　　司马迁下值回家,出得宫门,沿着笔直的御道缓缓走到他的车乘停歇处,伫足翘首回望。十二月的朔风,自宫外枯树丛立的丘陵呼啸而来,卷动了灰白天空里低沉的乌云,沿着层层的宫阙流泻下来,回旋在黑色叠叠的宫瓦间,不停地翻腾滚动着,使得静穆的建章宫显得更神秘莫测了。

这是逯耀东(1932—2006)为他《抑郁与超越——司马迁与汉武帝时代》(台湾东大图书公司,2007年)一书所写序言的开头,接下来,是司马迁出宫前与汉武帝的一段亲密的对话。这一未曾刊定的序言的笔法,使人马上联想到作者早年出版的那些武侠小说，而序的标题"残灯"，也更像是一部小说的名字。

然而，这却是逯耀东生前所写最后一部纯学术著作的序。从以下八篇目录，就可以知道它的内容大体上关乎史学史亦或史学思想史，而与小说无缘：

《"太史公自序"的"拾遗补艺"》，说的是司马迁作《史记》，在对上古学术的系统整理与为中国史学开拓新途径两个方面，都"成一家之言"。《"通古今之变"的"今"之开端》，说的是要理解司马迁"通古今之变"的史学思想，就必须懂得他是怎样从"内修法度"的汉武帝时代开始进行探索的。《武帝封禅与〈封禅书〉》，是通过比照《五帝本纪》与武帝《封禅书》的材料，来说明《史记》里有两个黄帝，一为历史的黄帝，一为武帝时的神仙黄帝。《〈匈奴列传〉的次第问题》和《对匈奴问题处理的限制》两篇，说的都是汉武帝时代如何"外攘夷狄"亦即处理汉匈关系的问题。《列传与本纪的关系》，说的是司马迁父子将过去经传解释"古今之义"的探讨，改变为对"古今之变"的寻求，不仅引发中国上古学术的转变，也给中国传统史学的形成带来决定性的影响。《史传论赞与"太史公曰"》，说的是中国传统史学的一种带有文学性格的特殊写作形式。《"巫蛊之祸"与司马迁绝笔》，说的是经历过汉武帝晚年发生的一场空前残酷的宫廷政治斗争风暴，司马迁在现实的政治环境中倍感抑郁，于是写下绝笔信《报任安书》。

这些精心构置的章节与其中抽丝剥茧般的论述，营建了一个司马迁生活在其中的汉武帝时代的生动的政治环境。而置身汉武帝这空前伟大的时代，如何实现父亲司马谈的遗愿与自己的远大抱负，同时不负作为太史的责任与自身的学术使命感，又如何排解因遭李陵之祸而带来的苦闷与抑郁，同时避开政治上的无情压力与摧残，写下一部真实的历史？久处政治权力中心的司马迁，在撰写《史记》这一中国史学上的肇始之作时，就遇到了这样的难题和挑战。

司马迁是怎样超越自我与现实，达成"究天人之际，通古今之变，成一家之言"这一终极目标的？《史记》中留下了多少司马迁的辛酸委屈、隐微深意？逯耀东曾经不满于现在的史学，"仍像一个练武功的人，无法打通任督二脉，更上一层楼"，他所说"更上一层楼"，指的就是跨过基本的考订阶段，进入到历史解释的领域之中。要称这部

《抑郁与超越》便是"更上一层楼"的一次实践，一点都不为过。尽管它的论述方式很学术，有考订有注释，但是它却迥异于一般史学史尤其是国内的大多数史学史论著。它要讲述的不仅仅是《史记》，还有司马迁这个人、这个人的心灵世界。也因此，《抑郁与超越》也可以说是一部精彩的司马迁传记。

逯耀东毕业于台湾大学历史系，任过台湾大学和香港中文大学历史系的教授，他著有"糊涂斋史学论稿"和"糊涂斋文稿"共计十种，在台北，它们都归东大图书公司出版，过去在作者的帮助之下，北京的三联书店和中华书局分别引进过其中若干。这部《抑郁与超越》则是在作者突然去世后，首先由东大图书公司出版的。听说原来也有大陆的出版社打算出一版简体字本，可是到现在也没有成功，不能不说这是一件让人感到遗憾的事。

抒情美典的创造

高友工这个名字听来并不陌生，1989年上海古籍出版有他与梅祖麟合作的《唐诗的魅力》，主要以西方结构主义语言学的理论工具来解析唐诗的办法，令许多熟悉唐诗的读者，如见出土文物般地重新发现了唐诗不同寻常的魅力，也令当时的一大批青年学人倾倒、着迷——如今这批学人大多步入中老年，他们后来有机会接触到各式各样的西方理论工具，单是理论本身，估计再也不能够使他们仅仅就因为觉着新鲜而激动万分。

北京三联这次出版的《美典：中国文学研究论集》(2008)，所收文章大部分是高友工于1978年在台湾大学讲学时写的，距今恰好三十年。作者在为这一版写的《自序》

里因此也谦虚地表示："今日学术上的进步是一日千里，我这些旧文，大约只有一点个人的纪念性了。"高先生真的是很谦虚，对于国内的读者来说，即便这里收录的大多为他三十年前的"旧文"，并且这些"旧文"大多是为台湾的《中外文学》杂志所写，然而在一个信息和文化交错的时空里面，谁又能断言它们绝无可能成为一个新的燃点？

至少这部论集，你可以把它当作学术史的一环来了解，它既是美国的中国文学研究史的一环，也是台湾的中国文学研究史的一环。

说它是美国的中国文学研究史之一环，原因很清楚，高友工二十多岁到美国念书，毕业后留美任教直到退休，他的经历表明他一直处在美国的学术环境当中。这一点，在他的论集中也表露无遗。他对《批评的分析》一书作者弗莱的认同，他在中国文化史中独独拈出抒情传统，同时创造出"中国抒情美典"这一概念，都与国内常见的或传统（民国以前）或现代（民国以后）的文学研究方式不同。这不同，还不在于他的行文当中常常杂有"蟹形文字"，更重要的是，他的论述背景，整个儿是一个西方式的文化背景，他的发言对象，基本上也是一些接受了纯粹的西方文化教育及熏陶的"洋人"。在"洋人"圈子里怎么讲中国文学？美国的中国文学研究界主要关心的问题是什么？为什么会关心这些问题？要想知道答案，不妨读一读高友工的这部论集。

时值今日，许多人也都意识到海峡两岸在中国文学研究方面，三四十年来似乎走过相当不同的道路。不同的原因很多，不过仅就可以直接观察到的层面来看，台湾学界"西化"的时间要早，程度也略高一筹。上个世纪，《中外文学》杂志曾经红极一时，就连其中论及中国文学的文章，也普遍带有输入新批评、结构以及解构主义之类流行于当代西方的理论工具的意思。与此相关的另外一个有趣的现象是，毕业于外文系而在外国拿了中国学博士学位的人，现在入室操戈，变成了中国文学研究界的执牛耳者。三十年前，当高友工回到台大客座的时候，正值台湾文学研究界发生这样一种大的变化，读他的这部论集，是能够看到他与当时台湾学界的一些呼应的。

高友工本人的学术经历也是很有意思的。他起初念的是北大法律系，后来到台大读书。在他历数的恩师当中，有冯文炳、周祖谟、王叔岷、董同龢、沈刚伯、台静农等

"大师"级的人物。他到哈佛是去修历史的，在另一"大师"杨联陞的指点下写了篇有关方腊起义的博士论文。算一算他以方腊为题那会儿，也正是国内研究农民起义热火朝天之时。据说他还精通日、德、法、拉丁、希腊等多种语言，是一位受到过很好的历史学语言学训练的学者，他最后的落脚点却是在中国文学，他讲文学，自然与纯粹中文专业出身的人风貌不同。

谁肯把一生托付给小说（外四则）

谁肯把一生托付给小说

梁启超先生早年自信于小说的影响力，理由之一是"凡读小说者，必常若自化其身焉，人于书中，而若其书之主人翁"。验之吴宓，当谓确然。吴宓一生为情欲困扰，不但有时自比贾宝玉一类人物，还曾立志作一部《新旧姻缘》的小说。像生于晚清的许多知识分子一样，他相信小说是社会良药、人生指南，更把小说中的爱情视为新生活的样板。

去年（1999）吴宓的十大册日记终于在北京出齐（按：后又有续编十册出版），却叫预备从中寻找珍稀史料的人大感失望，因为看起来吴宓只是年复一年地泡在他的那些情欲故事里。我是宁愿把那些日记当故事读的：第一，吴宓自己就说他是每日在为他那永远写不出的小说准备素材；第二，吴宓的日记根本就是独白，他记的不是事情，而是对事情的描述。吴宓认为好小说来自真实体验。我想他对女人的兴趣，就未必超过他讲述与女人周旋的兴趣，所以很多初见他的人，都觉得他迂呆的形象跟传闻中很不一样，因为那些浪漫乃至疯癫的传说，其实大多数就是由他自己"制造"的。

吴宓在清华大学开过一门"文学与人生"的课。这题目现在看来的确"老朽"，因为文学衰退得那么厉害，似乎早已失去了承载人生及其理想的资格，在这个唯科技是尚的时代，真不知道还有谁肯像吴宓那样把一生托付给小说。

学术地图上的北京和外地

记得多年前在北方的大学里念中国文学史，所用教材当然是游国恩主编的《中国文学史》，可是朱东润先生主编的《历代文学作品选》，也差不多被我们翻得纸都卷了边儿。那时候只觉得这套作品选使我们受益不少，可是并不清楚在编这套教材时发生的那些事儿。

我是今天才在朱东润的自传中看到，1961年，他奉命到北京参加大学文科教材的编写会议，讨论到《历代文学作品选》时，与会者的意见变成了两派，看来是北京大学的代表先自成一派，外地来的几位教授随后自动结成了另一派。朱东润说：因为在北京，那次北大到会的人数最多，而外地教授不过五人，"我们的人虽不多，但是主张很统一，很坚决，也下定决心决不屈服"。在双方不懈的坚持下，结果订出了两套中文系的教学计划。

也许真该感谢朱东润的"不屈服"，使我们日后终于有了两套并不完全相同的文学史书可读，然而看到那时的北大中文系，在朱东润眼里竟是一副"要凭借任何特殊的条件取得压倒一切的成果"的样子，却又让我陷入了久久的沉默。"北京"和"外地"，仅仅用这两个词，就足以叫人心里充满难言的滋味。它们好像跟学术无关，可有时它们也的确使学术变味。

关于猫

许地山在港任教期间，写过一篇《猫乘》。取名"猫乘"，有为猫作史的意思。《孟子·离娄下》说："晋之乘，楚之梼杌，鲁之春秋，一也。"晋之乘，是晋国的国史，猫之乘，应当就是猫的历史。在这篇文章里，许地山果然引述了世界各地的有关猫的传闻和记载，说明人类自古以来对猫就很友好，友好到常常将之供奉为神的地步。他说只有很少的人会以猫为食。所举二例，一为卑斯麦群岛的土人，不过土人的习惯，是要偷吃邻村的有尾巴的猫，还有就是广州的吃客，"中国人除去药用以外，吃猫也是由于特别的嗜好，如广州人春天所嗜底龙虎羹，便是蛇与猫底时食"。

许地山认为猫是最美丽最优雅的动物，在各国的传统里，吃猫都是件极不正常的事情。此言是否有感而发，我不大清楚。但记得有一年冬天，北京发生了宠物猫连连失踪的案件，甚是恐怖，那时便很希望有人能拿出充足的理由来说服贪婪的食客，就像许地山六十年前发表《猫乘》，以传授知识与文化的方法，实施规劝与惩罚。然而这些年来，留心看过，与猫共处的人是越来越多，纸上谈猫的人却好像很少。我所见只有今村与志雄的一本《古今猫谈义》，写的是古往今来的中国猫，例数猫的别名、猫的德性、猫的古怪魅力等等，文献搜罗既详，文笔也相当活泼，使人不禁想到夏目漱石的小说《吾辈是猫》。

SARS袭来，朋友和小猫都躲在屋里不出门，她说，别让人觉得我带了个生化武器似的。我把陆游的一首诗抄了给她，诗曰："风卷江湖雨暗村，四山声作海涛翻。溪柴火软蛮毡暖，我与狸奴不出门。"今村与志雄评价说，这首诗最能反映猫的人文处境。

看　画

最近有一本书销得不错，书名叫《激情时尚——七十年代中国人的艺术与生活》，去年是电视剧的"激情"年，书取此名，可知本来就想要搭这个顺风车。幸好书中的文字说明编著者既没有被那种所谓的激情烧昏了头，也没有假借时尚之名义大赚其钱的意思，一幅画后接一段画作者或作画背景的文字介绍，老老实实，像本正正规规的美术史。

巧得很，我小时候一度有兴趣学习写字画画，就正在那个1970年代。因为要为学校每周出一期黑板报，有段时间，还兼刻印学校的红小兵简报，所以小人书外，搜罗大人们看的书画也特勤，虽然都是些印刷品。记得曾经很喜欢同时也收在这本书里的那幅《我是海燕》，画面上是一个女通信兵在检测线路，女兵的雨衣被风吹得飘了起来，样子非常神气。至于收在书中的《为革命练好身体》、《为革命而学》之类的宣传画，则是在所有的中小学教室张贴过，也算跟我们朝夕相处过。

那时候，怎么料得到弹指一挥间，这些画便被"扫进了历史的垃圾堆"，十来年并不算短的岁月，到今天，也已变为陈迹，只压成这样薄薄的一本。而我那段短暂的学习书画的经历，差不多自己就已经把它忘得一干二净，直到前年（2002）去朝鲜新义州，参观金日成纪念堂和博物馆的时候，才忆起少年时竟也练过点三脚猫的功夫。站在朝鲜人民的一幅幅画作面前，好像有一种他乡遇故知的感觉，不等讲解员来介绍，一个个现成的中文标题就在脑海间鱼贯而出：江山如此多娇、沸腾的群山、花儿朵朵向太阳……记忆原来不是那么容易抹去的，想到这一点，忽然一阵心慌。

我们读胡适

2012 年 7 月的上海书展有一场周质平先生的演讲，题目是"今天，我们读胡适"。我没有赶上聆听，但是在第一时间得到了他赠予的新书，并且马不停蹄地看完，一睹为快。这新书就是《光焰不息——胡适思想与现代中国》（九州出版社，2012年）。

以胡适在今日受关注的程度，原本用不着我来推荐这书。熟悉胡适的读者，还当记得周质平的《胡适与韦莲司——深情五十年》，在十几年前引起的一时轰动。不光是因为它揭开了胡适鲜为人知的情感世界，还因为作者在其中展示了他的独门功夫——在众多胡适的研究者当中，还有谁比他掌握有更多的胡适的英文著作？我曾经在周宅承蒙他"献宝"，看过其中的一部分，件件都很珍贵。

借助于英文文献，周质平让我们看到极端理智的胡适，原来也有过色彩斑斓的情感生活，看到尽享荣华的胡适，也有过黯淡的普林斯顿的岁月。他还让我们了解到当胡适面对英文世界的读者时，他对中国文化的同情与回护，与他在中文世界里表现出的爱之深、责之切，完全不同。而以汉学界警察自命的胡适，当他写作英文书评批评美国的"中国通"时，文风之凌厉，比平时又要厉害好多倍。

周质平还有一个与众不同之处，跟他长期从事现代文学的研究和汉语教学有关。他写胡适与鲁迅、与林语堂、与赵元任、与钱玄同、与吴敬恒这些人的关系，关心的并不是人情是非、家长里短，而是他们在白话文、新文学以及政治主张方面的异同，是学术、文化和思想的大问题。他在这些问题上显然有自己的立场，难得的是，他力求态度公允，而他的意见也果然都很通达。抛开个人趣味不谈，我想，是他的学术训练帮助了他。他的分析简单明了，可是并不潦草、随意，特别是不穿凿。

最后我要说的是，周质平的书很好读，因为他的文笔实在好，主要是白话文写得好。他翻译胡适的文章、书信，达到几乎乱真的地步。而胡适的白话文，除了清楚如"话"，娓娓道来，还有用语精准的长处，就是不管多复杂多迂曲的内容，都可以准确无误地表达。周质平也有这个本领。

枇杷树

上海汾阳路 83 号五官科医院 8 号楼前有一个小小的花园，地方只有巴掌大，可是还有个红亭子，立在浓浓的绿荫当中。老葛第二次入院后的一天，我到三楼朝北的厨房打开水，无意间看了一下窗外，这才发现亭子旁边有一棵枝繁叶茂的枇杷树，树上已经果实累累，不过都是青绿色的。这次我们在医院里一共住了二十六天，老葛入院时穿的是羽绒背心，出院时已换成了短袖体恤。自从见到那棵枇杷树，每去厨房我都会特意到窗前看它一眼，随着天气渐热，雨水增多，满树的枇杷果在阳光和雨水的滋润照耀下，一天天地由青涩的墨绿变成了鲜亮的橙黄，而我们也终于出院回家了。

开始写这篇文字，是在出院的两周以后。自从老葛患病以来，陆陆续续，我们收到不少朋友的关心和问候，因此出院后我们首先想到的一件事情，就是怎样向这些关心我们的朋友报告他的情况。我们也想到朋友们大多是靠眼睛"吃饭"的，有人或许就像我们从前一样对自己的眼睛日用而不知。尽管医生并不同意用眼过度导致视网膜脱落的说法，他们是唯科学主义者，认为这没有实验证明，也没有统计学上的依据。他们好像尤其反对知识分子把这看成自己的专利，看成精英阶级的雅病。然而，他们也承认高度近视是视网膜脱落的原因之一，而读书或看电脑多的人又最容易近视。所以，借着这个机会，我们也想提醒各位千万千万要小心爱护自己的眼睛。

　　发现眼睛出问题，是 4 月 9 号（2008 年）老葛在香港的时候。那是在连续紧张忙碌了一个多月之后，晚上正和几个朋友吃饭聊天，他说忽然就觉得左眼一下子那么不舒服。他形容就像干净的玻璃上被猛地泼了一盆脏水，眼前是一片墨色的水迹横流，犹如无数游动的小蝌蚪，接下来这些水迹变成了网状。他闭上眼睛定一定神，以为这些小蝌蚪或网状的墨色水迹,会像过去时常出现的飞蚊那样自己飘走,他还去买了一瓶普通眼药水来用。第二天是返沪的日子,香港的钟洁雄小姐去看他,她是第一个给他以警告的人,说这就是视网膜脱落。钟小姐还在老葛登机后给我打了长途电话,叫我一定要去接机拿行李,因为视网膜脱落的人经不起碰撞、不宜负重,她说,然后马上去医院检查。

可惜我们没有听取钟小姐的忠告,老葛回家后休息了两天,自觉眼睛有所好转,仍按计划在周一飞往北京开了三天会,看了不少材料,周四接着又忙了一天,他觉得眼睛都还好,就是身体吃不消。后来听过医生的解释,我们才知道当时所谓眼睛的好转,其实只是视网膜的假性复位,有时某种恰到好处的体位,会让脱落不多的视网膜暂时粘回眼底,但这是不牢靠的,再掉下来,弄不好就是更大的一块。

18号一早,我们如约到了附属于复旦大学的五官科医院去检查,在裂隙灯前,H医生只看了两秒钟,便说出让我们深感震撼的两个字:"脱了。"随后在B超的显示屏上,我也清楚见到了视网膜脱落的影像。之所以感到震撼,是因为虽然并不了解什么叫视网膜及视网膜脱落，可是我们早已知道陈寅恪就是因为视网膜脱落而失明的。老葛还曾以为这对陈寅恪晚年的心境和学术都有很大的影响，他写过一篇《最是文人不自由》的文章发表在1990年代初的《读书》上，那里面就讲过这一层意思，因而在我们模模糊糊的印象当中，视网膜脱落是一个很大的人生悲剧。当然，以后我们从医生那儿知道，在陈寅恪患病的那个时代，视网膜脱落还是根本没法儿治的，用手术治疗成功，差不多要到1970年代，可是也相当麻烦，病人还要在手术台上配合做转体翻身什么的，1990年代以来，治疗技术才日益成熟，就像朋友开玩笑说的，现在想要做陈寅恪，都没了那个条件。

事不宜迟，医生下令尽快住院做手术，手术就约在23号。医生介绍，三天内是手术的最佳时期，不过根据他们观察，一般病人都不可能赶在三天之内施行手术，不要说病人自己不易判别，即使已被诊断，在好一点的医院，往往也要排很长的队等候。22号上午，老葛第一次住进五官科医院，8号楼310房间55床，第二次住院，也还是这个房间这个床位。

接受第一次手术前，我们并不紧张，因为医生诊断老葛视网膜脱落的面积不大，可以采取从巩膜切入外路环扎的手术方案，手术只需一个半小时，先是激光修补然后注入硅油，医生保证这并不会耽误他月底飞往波士顿的行程。

然而，23号的手术却是非常非常不顺利，老葛早晨7点45分进的手术室，直到中午11点半才被推出来。他说手术进行到一半，他发现H医生有些慌神，听她和其他医生的谈话，似乎是三个孔（他是孔源性视网膜脱落）当中，有一个位置太深，不容易看到。H医生开始和躺在手术台上的他商量，要他同意改行玻璃体切割的手术方案，而这正是原来她安慰我们所说不必采用的一种最大的手术方案。有趣的是，在两天后的出院小结上，只记录有改正后的玻璃体切割，却无前一半手术的痕迹。老葛后来总是开玩笑地说："那一刻，真叫人为刀俎，我为鱼肉啊！"第一次上手术台，就等于挨了两刀。

术后第三天，医院让回家。这么快就让病人出院，是否合乎卫生部的标准我们不知道，却与大多数医院的惯例不符，而此事也只有等到第二次入院才有机会弄清楚。原来这五官科医院的8号楼是个特需病房，所住病人看的都是高级专家门诊，病人多床位少，医生护士也少，加上收费较高，一般病人在此都不会住过三天，周末节假日则是全楼封闭。如果没有之后的一波三折，我们当然也就像普通病人那样，手术后观察个一两天便携药回家，然后定期复诊，等过了几个月或是一年半载，再回来做取硅油的手术。

4月28号我们回到医院复查，同时告诉医生，老葛已将赴美日期推迟到5月12号，因为他的病眼红肿得厉害，看东西也模糊不清，两天后便要登机做长途旅行显然颇不现实。没想到医生听后，脸上竟是惊诧的表情，她反问我们为什么要改期，除了外观上不好看一点，眼睛本身并没有问题，她说。医生的乐观也鼓舞了我们，我们以为胜券在握，便按部就班地继续做着各种工作、访问的计划。虽然隔天再来复查，医生对老葛的眼底渗血有些放心不下，但是仍然让我们觉得没有什么值得担心的。

翌日是五一节，中午以后老葛开始感觉不舒服，头痛，出汗，好容易捱到傍晚，不得已给 H 医生家里挂了电话，再赶到医院去看急诊。医生检查发现是硅油跑到前房引起眼压升高，亦即后来出院小结上写的"继发性青光眼"，当即以静脉注射和口服药的办法强行降压，约好明天再做处理。

5月2号一早到达医院，医生急急忙忙看了一下，就决定马上做手术取硅油。这次换了年轻的 Y 医生，仍用玻璃体切割的办法，手术做了一个半小时。因为术中发现视网膜上又出现三个新的裂孔，取油后再填进去一种惰性气体，目的也还是为了将激光、冷凝修补过的视网膜顶回到眼底。第二次手术过程虽然顺利，但医生术后交待的情况却令人忧心忡忡：第一是老葛的视网膜本身已经很脆弱，医生把它比喻成一件洗薄了的旧衣裳，抖一抖便成千疮百孔。第二是他的眼底黄斑区有一根新生血管已经破裂，将来即便视网膜好了，也会失去中心视力。第三是从他左眼老化的程度看，右眼也不会好到哪里去，一般人视网膜脱落的可能性才百分之零点几，一只眼网脱后，另一只眼睛网脱的可能性就上升为百分之十五。

老葛眼睛原来就有轻微的白内障，因为硅油乳化以及两次手术的刺激，白内障迅速发展，不但阻挡了他的视线，也妨碍了医生通过仪器观察眼底。由于这次注入的气体不像硅油那么稳定，大约两周后就会被吸收，因而手术后，这次是每隔两三天便要去做一次 B 超，以察看视网膜有没有及时复位。而三天后，医生们又开始为老葛眼睛的水肿发愁，于连续数日的静脉注射与一大堆眼药膏、水及口服药之外，又在眼球旁加打了一针庆大霉素，每隔一两小时还让加点一次氟诺沙星眼药水。

出院，自然是不能够了。医生们每天上下午轮流来看，有时还邀集其他医生一块儿商谈。我们也明白形势已经不是那么乐观，老葛一面开始匆匆取消他的种种工作及访美计划，一面在心里做好了打持久战的准备。怀着忐忑不安的心情，我也曾向医生问起万一视网膜再脱落了怎么办，医生回答得干脆：那就再做手术，一并摘除晶体，重新放进硅油。7 号那天，护士帮忙找来理发师在病房里给老葛剪短了头发，傍晚我们又来到 8 号楼后面的三德堂花园散步。三德堂是建于 1940 年代的一座白色教堂，从它的规模和造型来看，当年一定还算气派，现在外墙上却补丁似地高高低低挂着些空调机。有头上扎着各式绷带的病人从它宽大的阶梯上漫步下来，穿过不大的草坪，汇聚到教堂前小小的水池边上，他们也都是出来透透气的吧，不知为什么，那情形让我有些难受。

12号那天早上，老葛觉得眼睛的光感比前几天要好，医生检查后也认为炎症和渗血都有被控制的趋势，诊室里的空气一变而为轻松。医生说，再去做个B超吧，气已经吸收得差不多了，应该能够看得更清楚。然而，就在B超的显示屏上，又一次，清晰地反映出了老葛视网膜脱落的影像。不过半小时，喜悦之情便离我们而去。

　　别无选择，医生决定马上再做一次手术。这一天下午的2点48分，恰好汶川发生大地震，电视开始了不间断的直播，对震情和灾区的关心，转移了我们对于视网膜的注意力，大恸压倒了小恸。

　　由Y医生主刀、H医生做顾问，13号下午进行了第三次玻璃体切割手术，果然是在修复视网膜的同时摘除晶体，重新注入硅油，这次手术用了两个多小时。术后医生告诉我们的好消息是，老葛黄斑区的渗血看来能够控制，薄如玻璃糖纸的视网膜也比他们原先想象的要好。但也有坏消息，就是角膜炎和眼底的渗出加剧，还有可能感染了什么细菌。第二天傍晚，下了班的医生仍然不放心地回来给老葛做了分泌物的提取培养，又在他的眼球旁边加打了一针据说是药性最重的万古霉素。打针之前，我们还在向医生询问什么叫作"重瞳":"史书上不是写着项羽重瞳么?"——住院治疗期间,向医生讨教种种有关眼睛的知识,成了我们最愉快的一件事情——医生们都觉得有些不可思议:"大英雄怎么能是重瞳呢,如果这人重瞳,他的视力一定非常坏。"然而一针下去,剧烈的疼痛让老葛立刻双泪长流,不知是太紧张还是什么缘故,打针的医生竟然忘记应该在针剂里面加上麻药。

好多天之后,有个护士偶尔对我们说起,那时老葛的眼睛看起来像是受过外伤的样子。医生们也为老葛如此特别的、据说是他们从未见过的术后反应焦虑不安,他们提出要做一次穿刺,看看到底是被什么样的细菌感染,以便对症下药。实际上在第二次手术后,已经有医生提出穿刺的建议,当时是被多数医生否决,现在却得到医生们的一致赞成。然而,我却不忍心看见老葛再受一次皮肉之苦,现在他只要一听到动刀动针,左眼下的面部神经便会不由自主地跳个不停。见到我们有疑虑,医生也颇为难,Y 医生摊开两手,无奈地说道:"我们医生也只有这几个招数呀!"医生的确背负了很大的压力,从医院方面,我们逐渐了解到他们真是担心细菌感染,因为感染细菌的唯一渠道只能是在手术室，而病毒感染的最严重后果，则是视功能丧失甚至眼球不保，对医生来说，这个责任实在太大。而另一方面，他们也知道在眼球上做穿刺，势必会给老葛的眼睛造成新的创伤。旧伤难愈合又添新创口，这恰恰正是让我最感不安的。

也许是我们的多虑给医生带来了另外的压力，医生们协商后答应先换换药、等等看。好容易熬过艰难的一周，尽管老葛的眼睛"还是没进步"——这是 H 医生天天复查时都要念叨的一句话，但是让医生们担惊受怕的"细菌感染"也终于没有爆发。也是眼科专家的 S 院长以后见我，总要提到这件事说："你的判断是对的。"而在后来的出院小结上，也可以见到 5 月 14 日的结膜囊细菌、霉菌培养结果，明明白白写着"阴性"。

手术十天之后，情形进一步好转，"没有变坏就是好"，医生这样说。大剂量的激素、消炎药与最新角膜营养药的狂轰乱炸，让老葛因手术受损的眼角膜慢慢地痊愈，让他眼底的渗出也慢慢地被自然吸收，更重要的是，因为晶体摘除，医生可以在裂隙灯下一眼看见他眼底的一片橘红色的光，那正是视网膜平伏的标志。

5月28日，冒着大雨，我们出院回家。因为摘除晶体加上有6毫升的硅油在内，现在老葛的左眼只有一点光感，还看不见任何东西，他说，这就能够体会到为什么中山大学当年要为陈寅恪在门前修一条白色的道路了。但是，经过一个多月的治疗和休息，他的气色却是好了许多，又由于用过激素的缘故，整个人都胖了起来。医生们对他在治疗期间表现出的配合与毅力赞不绝口。因为玻璃体切割手术是所有眼科手术中最大的一种，据说等于外科手术中的开胸或开颅，病人的眼睛乃至于身体的受损是显而易见的。又因为不管注入硅油还是气体，手术后很长一段时间，病人都要低头使脸部与地面保持平行，睡觉时也不能例外，这样才能让油和气体浮在眼水之上，顶住视网膜，病人头、颈、胸的辛苦也可想而知。老葛在手术台上和术后护理中执行医嘱都一样不折不扣，他做手术加起来长达七八个小时，俯卧的时间也是一般病人的三倍，却从未有过一点怨言。S医生第三次手术后来看他，见他照旧乖乖地趴在床上，连忙安慰他说：这个趴的方法很不人道，将来一定要改，还要改得快一点。

可是，从不言痛、绝无抱怨，有时候也会让医生们不满意，他们听惯了病人夹着痛楚和无辜的滔滔不绝的诉说，对老葛的无言有些头痛。有一天会诊结束，H医生忽然抬高了声音：为什么不说说你的感觉？到现在都没有病人的主诉，只能靠我们从外部观察。老葛那时还不能抬头，声音也是沉沉的：你们想要我说什么？医生们一下都被逗乐了：你别管我们要听什么，你就随便说，病人都是会东说西说讲很多的，我们自会拣我们要听的。

　　医生们不知道，其实老葛也有叹气的时候。他会说，一旦看不见东西，便与世界隔绝，只能生活在自己狭小黑暗的天地里，那很不舒服。他会说，我们做不了陈寅恪，人家肚子里有史料，我们是靠查书做事情的，不能看资料，人就废掉了。但他到底是个拿得起、放得下的人，吃饭睡觉，一切如常，除了时常抱怨广播电视里的新闻听得无聊，对自己的病眼，倒好像没有多少感觉，对如何治疗，也不闻不问。他这种置身事外的态度，虽然让医生纳闷，也逼得我多操了不少心，不过在心理上，却是给我带来极大安慰。二十天里连做三次眼科手术，这在汾阳路五官科医院的历史上恐怕都前所未有，听起来让人心惊肉跳。这期间，也有人建议我们另寻医院、别择名医，老葛倒总是一副既来之则安之的样子，他喜欢援引梁启超即使被割错肾也不放弃对西医的信仰的例子，坦然地说：既然已经来到这个医院，我们就不要怀疑这里的医生。

平心而论，五官科医院应该说是上海最好的眼科医院，给老葛做手术的医生也应该说是目前最好的眼底病专家。本来视网膜脱落的医疗技术已经相当成熟，在普通医院都能通过手术治好，更何况是在这样一个国内知名的专科医院。老葛住院期间，正好碰上我给学生讲《三国志》的《方技传》，备课时根据陈寿记载的病案我做过一个粗略的统计，结果发现就连号称神医的华佗，他的神奇，实际上也多半是表现在能够准确预测人的死期上，而并非一定能够救人于死地。生老病死都是不可逆转的，医生的作用，不过是扶助人平平安安地走完这个过程，得出这个结论固然叫人感伤，可是另一方面，每天看着医生们紧张忙碌的样子，在我们这个医疗资源依然稀缺的国家，也让我对现在的医生有了更多的同情和体谅。

到上海以来，汾阳路五官科医院 8 号楼的 310 房间是我们除了家以外住得最久的一个地方，现在仍要每周一次回到那里复查，直到几个月后再接受取硅油及植入人工晶体的手术。虽然住院有点儿像坐监狱，都是压抑的、被动的，但是医院毕竟给人带来安全感，尤其当你因病而深感无助时，不知不觉中你会对那里产生一种近乎依赖的感情。就像五官科医院对面有家不错的面包店，入院不久，我便成了它的常客，听到出院的大赦令后，我们的第一反应便是跑过去买上好些面包准备带回家去，因为我们已经习惯了有它们做早餐。来到上海快要两年，现在我才意识到，就好比从一间书房搬到另一间书房，其实人都还在原来的时空，是老葛这次意外的眼病以及住院治疗，才把上海一点一点地带到我们的生活里。